Das Schweigen der Priester

Lorenzo Salvatore Cordí

AF203494

Buchbeschreibung:

Du spürst sie im Rücken, nachts steht sie vor der Tür und klopft. Sie lauert an jeder Ecke, man vernimmt Stimmen im Kopf. Serpentinen verwandeln sich in Riesenschlangen. Die Bäume, sie heulen, ihre Äste versuchen, dich zu fangen. Wartet, hört ihr die Stimmen?
Horcht ...
das Schreien und Kreischen der Menschen. Sie schallen aus dem Tal des Grauens. Lauscht, wie der Flüsterer sie quält. Sie wollen fliehen aus der Verdammnis.

Über den Autor:

Der italienische spirituelle Arbeiter/Philosoph Lorenzo-Salvatore Cordí ist in Deutschland geboren und aufgewachsen. Er ist ein sehr naturverbundener und gläubiger Mensch. Er lebt heute in einer ländlichen Umgebung in einer kleinen Gemeinde in NRW.

Schon als Kind hatte er ausgeprägte sensitive Fähigkeiten und konnte sehen und wahrnehmen, was anderen verborgen war. Nach einschneidenden persönlichen Erkenntnissen erkannte er seine Leidenschaft zur Poesie.

Das Schweigen der Priester

Von Lorenzo Salvatore Cordí

1. Auflage, 2021
© Lorenzo Salvatore Cordí
Alle Rechte vorbehalten.
Verlag und Druck: tredition GmbH, Halenreie 40-44, 22359 Hamburg

Bibliografische Information der Deutschen Nationalbibliothek:
Die Deutsche Nationalbibliothek verzeichnet diese Publikation in der Deutschen Nationalbibliografie; detaillierte bibliografische Daten sind im Internet über http://dnb.d-nb.de abrufbar.

978-3-347-27013-8 (Paperback)
978-3-347-27014-5 (Hardcover)
978-3-347-27015-2 (e-Book)

Inhalt

Prolog

Kommt, ich lade euch ein, setzt euch hin,
    macht es euch gemütlich.
    Seid ihr alle da?
    Wenn wir uns bewegen wie auf Dornen,
    ist jedes Wort,
    aus unserem Munde verlogen.

Das Schweigen der Priester

Du spürst sie im Rücken, nachts steht sie vor der Tür und klopft. Sie lauert an jeder Ecke, man vernimmt Stimmen im Kopf. Serpentinen verwandeln sich in Riesenschlangen. Die Bäume, sie heulen, ihre Äste, versuchen dich zu fangen. Wartet, hört ihr die Stimmen? Horcht ... das Schreien und Kreischen der Menschen. Sie schallen aus dem Tal des Grauens. Lauscht, wie der Flüsterer sie quält. Sie wollen fliehen aus der Verdammnis. Sie können nicht, das Tor wird bewacht. Von einer Schlange mitsamt sieben Köpfen, ein Kriechtier aus vergessenen Zeiten. Ihr Name, Peccatum Mortiferum. Gefüttert wird sie mit Mördern und Vergewaltigern, sie, die Totmacher verhandeln einen Vertrag mit ihr, sie dürsten nach Blut, sie wollen an die Oberfläche um ihren Trieben freien Lauf zulassen. Mit zwiespältiger Zunge verspricht sie ihnen: „Für zehn Kinder lass ich einen von euch gehen. Das ist mein Wille." Ihre Lakaien, erschaffen aus Feuer, aus dem Abgrund der Hölle holte sie die Dämonen her.

Dunkelheit herrscht in den einst hellen Kathedralen. Der Menschheit haben sie den Rücken zugekehrt. Jahrhunderte vergehen und keiner mag es verstehen. In die Weiten dieser großen Welt fallengelassen, getragen vom Wind, zerbrechlich, klein, allein, er war doch ein Kind. Das Haus immer mit Leben, und doch, er dachte, er müsse sterben. In die Weiten dieser großen Welt, die Straßen beben.

Berge aus Glas und Stahl sich erheben. Die Alten lachen und scherzen, füllen sich ab, um zu betäuben ihre Schmerzen. Allesamt dienen nur dem Einen, dem der verbannt wurde aus den Reihen der himmlischen Wesen. Alle unterstützen sie ihn, den Flüsterer, den Verstoßenen der Rache schwor. Und so setzte er sich die Maske der Ahnen auf. Er hat keine Hörner und keinen Dreizack in der Hand, nein, seine Waffe ist die zwiespältige Zunge. Sein drittes Auge, und sein Menschengesicht. Man sieht ihn nicht. Er ist kein Wesen wie du und ich. Er hat die Fähigkeit von einer Seele zur nächsten zu springen, wie die Flöhe es tun. Er vergiftet den Menschen mit seinen Worten, die wie Pfeile aus seinem Mund geschossen kommen. Er steckt sie an mit Neid und Habgier, die sich wie ein Virus unter den Menschen verbreiten. Seit tausend Jahren bereitet er die letzte Schlacht vor. Gott erschuf das Universum und die Welten in sieben Tagen. Nicht in sieben irdischen, sondern in sieben göttlichen Tagen. Wahrhaftig geht es über unsere menschliche Vorstellungskraft hinaus. Denn was ist Zeit? Zeit ist relativ wie alles andere, was uns vor Augen gehalten wird. Wenn ein göttlicher Tag vergeht, dann vergehen für uns Menschen Millionen, wenn nicht sogar Milliarden Jahre. Das heißt, wenn Gott am Tag eins Himmel und Erde erschuf, dann bedeutet dies, dass in den ersten paar Millionen oder Milliarden Jahren Gott den Himmel (Universum) und die Erde (Planeten) erschuf. Gott erschuf die Naturgesetze und alles nahm seinen Lauf.

Am siebten göttlichen Tag, (in dem wir uns noch immer befinden), entwickelten sich nicht nur die Wesen, die wir kennen, nein es gab und es gibt Wesen, die wir uns im Traum nicht vorstellen können. Der Flüsterer ist solch ein Wesen, er lebte einst auf dieser Erde mit vielen anderen Wesen zusammen. Man glaubt es kaum, aber er war mal ein frommes Wesen, anders als alle anderen Wesen hielt er sich an alle Naturgesetze. Der Flüsterer, in manchen Gegenden auch Iblis und in anderen Gegenden Satan genannt, wanderte auf dem Pfad der Gerechten und war stolz darauf. Er mahnte alle anderen Wesen, dass die Sterne vom Himmel fallen würden, wenn man sich nicht beherrschen könne.

Und so geschah es, ein großer mächtiger Stern raste auf die Erde zu und vernichtete so gut wie alles Leben, fast alle Tiere, fast alle Pflanzen. Der Flüsterer, der fromm war, durfte sich in den Reihen der himmlischen Wesen glücklich schätzen.

Doch dann änderte sich alles, ein Wesen, das man Mensch nennt, erblickte das Licht der Welt. Erschaffen aus Staub und Wasser sollte er eins mit Mutter Erde werden. Alle Lebewesen des Universums sollten den Menschen willkommen heißen. Bis auf einen, der Flüsterer, er weigerte sich. Sein Stolz sollte sein Schicksal besiegeln. Und so geschah es, dass er aus den Reihen der Ahnen verbannt wurde. Der Zerfall der Zivilisationen hat begonnen, warum? Der Honig ist verdorben, und die Bienen sterben. Der Bauer kann sein Acker nicht mehr beackern.

Alles, was wir kennen, wird verbrennen. Aus dem Rachen des Drachen wird es kommen. Sieben Reiter werden es sein. Sie werden kommen, mit ihren Hufen schwer wie Blei, und unsere letzten Werte in den Mutterboden einstampfen. Verbreiten werden sie Angst und Schrecken mehr denn je. Doch sagte ich ihnen nicht, es werde kommen das Licht? Sie sagten, wir werden kommen aus dem Westen, werden nicht ruhen und nicht rasten. Werden euch vertilgen, wie die Heuschrecken. Ich konnte sie sehen, und sprechen dufte ich mit ihnen auch, in Ruhe ließen sie mich, denn ich, werde beschützt vom Licht. Sie stellten sich mir vor. Der erste hieß Superbus, stolz ritt er an mir vorbei. Der Zweite hieß Avaritia, zurückhaltend, ja geizig verhielt er sich gegenüber den Armen bettelnden Frauen. Der Dritte nannte sich Invidia, voller Neid schaut er mich an, wie er bemerkt meinen Tatendrang. Der Vierte hieß Intemperantiae. Der Fünfte Fornicato. Der Sechste Ira, als er an mir vorbeiritt, verdunkelte sich der Himmel, so viel Boshaftigkeit, so viel Zorn hatte ich schon Ewigkeiten nicht mehr gesehen. Und der Siebte und Letzte hieß Inertie, träge und lustlos ritt er hinter den anderen her. Obacht müssen wir geben, denn sie alle nur nach einer Sache streben, und zwar nach Tod und Verderben.

Der Knecht und der König

Italien um 1790 nach Christus.

Giuliano ist ein Vorfahre von Angelo, er lebte in einer Zeit, wo Kriege die Welt beherrschten. In einer Zeit, wo das Lesen und Schreiben nur Wenigen vorbehalten war. Ich nenne es die Zeit der großen Unwissenheit. War man außergewöhnlich, wurde man weggesperrt. Demokratie, Meinungsfreiheit oder das Recht auf Gleichheit kannte man nicht. Doch Giuliano war einer der Wenigen, die versuchten in dieser dunklen Welt ein bisschen Licht zu bringen. Schon sein Vater Mario versuchte, die Liebe und Gottes Wort, zu lehren. Versteckt in Höhlen lehrte er den Menschen das Lesen und Schreiben.

Doch weil sein Vater das Wort der Bibel anders lehrte als die scheinheiligen Machthaber der damaligen Kirche, wurde er gefangen genommen.

Der Vater von Giuliano wurde bis zu seinem Tod als Sklave im Königshaus gehalten. In Gefangenschaft verliebte sich Mario in Mara, sie durften vom König aus heiraten und wenig später wurde Giuliano geboren, der seither ebenfalls von Geburt an als Sklave im Königshaus lebt. Doch anders als sein Vater Mario, will sich Giuliano nicht fügen und versucht auszubrechen und einen weg finden, die Menschen außerhalb des Palastes zu erreichen. Der König versucht den Willen von Giuliano zu brechen. Er besucht ihn regelmäßig in seiner Zelle, um ihn zu demütigen.

„Oh du Knecht, für mich wurdest du geboren, schaufel hier und schaufel dort oben." Spottet der König.

„Oh du König, zu dir wurde ich gezwungen, mein Vater hat es bis heute nicht überwunden." Beschwert sich der arme Mann.

„Bei mir geht es dir doch gut, bekommst Wasser und Brot."

„Oh du Elend, oh was für eine Not, dass Brot ist alt und das Wasser tot." Giuliano kippt dem König das dreckige Wasser aus der Schale vor die Füße. Der König schreit: „Gehorsam schuldest du mir." Giuliano weicht zurück und sagt: „Ja bin ich euer Tier? Bin Mensch, esse gern Fleisch und trinke Bier." In einem arroganten Ton antwortet der König: „Du stehst in meiner Schuld, aus dem Elend holte ich dich, du Hund!" Giuliano verkriecht sich in einer dunklen Ecke der Zelle und flüstert: „Lieber im Elend sterben, als euer Knecht weiterzuleben." „Ich lass dich foltern und dann erhängen." Der König wird immer lauter. Giuliano lacht und sagt: „Freu mich jetzt schon, denn dort oben warten Gott und die Engel." Der Herrscher runzelt die Stirn und sagt: „Sei nicht dumm, Gott, Engel, das wird mir jetzt zu bunt." Giuliano tritt wieder aus der dunklen Ecke hervor und gestikuliert mit dem Zeigefinger gegen den Machthaber und warnt: „Ihr denkt, ihr seid allmächtig, und doch seid ihr sterblich. Aus Haut und Knochen seid ihr, genau wie ich." Der König wiederum beugt sich vor und pustet sich auf: „Ewig werd ich leben, und stets nach Macht werd ich streben.

Mein Volk unterjochen und Gehorsam lehren. Fremde Länder unter meinen Füßen lass ich beben. Deren Gold werd ich stehlen und mich an deren Frauen vergnügen."

„Oh mein König, geträumt hab ich letzte Nacht von einer Schlange mit sieben Köpfen, sieben Reiter sie schickt zu euren Höfen. Und gleichzeitig hörte ich sieben Trompeten posaunen, sieben mal hintereinander." Warnt Giuliano weiterhin den König. „Was willst du mir damit sagen, du undankbarer Hund."

„Du sollst bereuen deine Schandtaten, bevor die siebte Trompete zu hören ist und du wirst erlöst von deiner Schuld." Der König wird wieder ruhiger und sagt leise: „Schuldig bin ich nur vor meinem Weib," und senkt seinen Kopf zu Boden. „Oh ja dein Weib wird sieben Kinder gebären, bei jedem Trompetengeheul wird einer sterben. Überleg dir gut, was du anstellst, denn das Feuer ist heiß, noch heißer ist die Glut."

„Du machst mir keine Angst, es gibt keine Götter und Dämonen, ich bin Gott und Dämon zugleich." Giuliano fordert ihn auf: „Lass mich gehen und vielleicht werd ich ein gutes Wort für dich einlegen." Der König genervt: „Verrecken wirst du hier bei mir, streichen lass ich dir Wasser und Brot, du Tier." Der Knecht Giuliano ist geduldig und im Vertrauen, dass der König ihn doch bald freilassen wird. Giuliano weiß sehr wohl was in der Zukunft geschehen wird, eine Gabe, Träume zu deuten, die gewiss nur wenige haben.

Und mit dem Wissen, dass bald die Dunkelheit über das Land hereinbricht, und der Flüsterer mit seiner siebenköpfigen Schlange den Willen der Menschen bricht, schreibt Giuliano regelmäßig Briefe, die er an Familie, Bekannte und Freunde schickt. Die wiederum vervielfältigen diese und verbreiten sie im ganzen Land. Bevor Giuliano weggesperrt wurde, hatte er die Möglichkeit, nach außen hin Kontakte zu knüpfen. Einen guten Draht konnte er mit seinem Onkel, dem Bruder seines Vaters Giuseppe, aufbauen. Der wiederum hatte eine Verbindung mit einer rebellischen Gruppe, die den Sturz des Königs vorbereiteten.

Die Briefe von Giuliano

An alle Völker dieser Welt, setzt euch ein für die Gleichheit und für die Freiheit. Für den, der fürchtet, und für den, der flüchtet, für den Starken und für den Schwachen. Und vor allem für die, die noch wachsen. Wir sind nicht hier um zu hassen, sondern um Frieden zu verbreiten und Ungerechtigkeit zu unterlassen. Sind wir alle so blind? Und sehen nicht das geschändete Kind? Sieht das Kind der Freiheit, wie es traurig ist und weint.

Wer ist dieses Kind? Es sind wir, Kinder dieser Welt! Mut will er den Menschen machen und sie vorbereiten für das Unheil, das auf sie zu kommt. Doch vorsichtig muss er sein, denn wenn der König mitbekommt, was Giuliano im Schilde führt, wird er erhängt und in zwei geteilt. So geschickt wie Giuliano ist, hat er es geschafft sich mit ein paar Wachen zu verbünden, die ihm Schreibmaterial besorgen und sich darum kümmern, dass seine Briefe seinen Onkel sicher erreichen. Mit den Jahren ist ein Netzwerk entstanden von Helfern und Helfershelfern. Die Sklavin Lucretia schmuggelt Giuliano regelmäßig Gemüse in seine Zelle. Sie unterhalten sich oft und Giuliano weiht sie in seine Pläne ein. Es dauert nicht lang und die beiden verlieben sich.

Eine Nacht schleicht sich Lukretia in Giulianos Zelle, sie lieben sich und versprechen sich, egal was kommt, dass sie für immer und ewig zusammen bleiben. Dann sagt er ihr: „Ist es doch mein Vater, der mich leitet und mich warnt. Ist es doch mein Vater, der mich bewahrt vor Habgier und Neid? Mein Herr und Begleiter, Beschützer, Herr der Welten von allem was darüber, darunter und dazwischen ist. Legt er mir die warnenden Worte in mein Herz und in den Mund. Mit dem Schwert der Wahrheit in der Hand werde ich stets verband." Giuliano hat Angst und Zweifel, dass ihn die Menschen, wenn es darauf ankommt, im Stich lassen. Lukretia muntert ihn auf und sagt: „Sie doch, das Licht der Welt, wie es strahlt, wie es mir gefällt, so hell, so warm, belebend, schön und grell." „Ach Lukretia meine Liebe, sind es doch Emotionen, sie kommen aus dem Verborgenen, Tränen voller Freuden, ich streichel dein Gesicht, wenn man in den Himmel blickt. Emotionen, wenn man traurig ist. Emotionen, die Liebe im Herzen, das Licht, und wenn die Eifersucht in mir ausbricht. Der Schmerz im Herzen. Emotionen, wenn der Regen unsere nackte Haut berührt. Dich zu sehen, und anfangen zu fliegen. Auf Gräser liegen, deinem Lächeln zu lauschen, und dich nachts immer wieder neu entdecken." „Mein geliebter Mann, das Licht erstrahlt, die Welt sie lacht. Die Engel singen ihre Lieder, für die Mütter und ihre Kinder. Das Meer so blau und dann der Morgentau. Das Kind es lacht, an Mutters Brust, denn der Vater hat sie geküsst.

Jetzt muss er raus, aufs Feld hinaus. Das Kind es spielt, die Mutter singt." „Ja meine Liebe wie recht du doch hast, das Größte, was ein Mensch hat, ist die Liebe, die Würde und die Freiheit." Giuliano verfasst einen Brief: „Lasst euch die Liebe, die Würde und die Freiheit von niemandem nehmen, die, die es tun, sollten sich schämen. Lasst euch nie sagen: „Du schaffst das nicht." Oder: „Du wirst versagen." Das soll sich mal jemand wagen. Mit erhobenen Hauptes werdet ihr gehen und bleibt niemals stehen. Mit Freude oder Schmerz. Hört immer auf euer Herz. Kullert euch eine Träne übers Gesicht, denkt immer an dieses Gedicht. Denn, über uns schwebend, jeden Tag wie Geier, gierig warten sie, korrupte, scheinheilige Männer, sie warten, um sich dann auf uns zu stürzen." Nachdem er diese Zeilen geschrieben hat, faltet er den Brief und gibt ihn Lukretia um ihn zu seinem Onkel Giuseppe zu bringen. Dann sagt er ihr: „Wir haben den Wind auf unserer Seite, sie können uns nicht aufspüren, nicht alle! Der nächste Sommer kommt, ich und du, und den Wind auf unserer Seite." „Und die Geier Giuliano?" „In ihrer Nase nur der bittere Duft der Pleite. Ich und du stehen auf einem Feld voller Blumen und der Wind auf unserer Seite. Er begleitet uns in diesen großen Stadtdschungel. Alte verzweifelte gierige Geier! Komm, spring auf, auf diesen Zug. Der Wind begleitet uns." Am nächsten Morgen kommt der König zu ihm und fragt nach seinem Empfinden: „Wie geht es meinem Knecht? Hast du dich wieder beruhigt, gibst du mir endlich Recht?

Frei bewegen lass ich dich in meinem Palast, wenn du endlich meinen heiligen Ring küsst. Gehorsam will ich, mehr nicht." Der König fordert seinen Respekt ein, doch Giuliano antwortet: „Darauf kannst du lange warten, aber eines kann ich dir verraten, von meinem Traum kann ich dir erzählen. Mehr aber auch nicht." Der König lacht und sagt: „Ach deine Träume, ja amüsiere mich, erzähl was du siehst." „Ich träumte, wie ein Sturm heranzieht, und langsam verschwindet das Licht. Die See sie tobt, und erhebt das Fischerboot. Der Seemann schreit: „Mann in Not!" Die See hat erbarmen und beruhigt sich schnell. Der Sturm zieht vorbei, und es wird wieder hell."

Der König lacht lauter und sagt nur: „Du dummer Mann, du armer Mann, glaubst an Geister und so einen Kram." „Ja das tu ich, hab vertrauen, denn das Licht ist immer bei uns. Fällt der Regen nicht auf alle gleichermaßen?" Fragt er Knecht. Der König stellt eine Gegenfrage: „Ja und was willst du mir damit sagen?" „Ihr Herr, habt es gelesen oder gehört, von der Schöpfung, der Liebe und dem jüngsten Gericht. Doch glauben tut ihr es nicht. Habt für alles einen Namen, glaubt aber nicht an Gottes Gaben. Glaubt lieber an Zufall und nicht an Schicksal. Der Tag wird kommen, ob ihr daran glaubt oder nicht. Die Unwissenheit, der Unglaube schützt nicht vor dem jüngsten Gericht." Giuliano setzt sich hin und der Hausherr stellt sich vor ihn, wie ein Lehrer es tun würde.

„Giuliano mein Knecht, die Menschen haben Angst vor Donner und Blitz, und wenn sintflutartiger Regen auf sie hereinbricht. Und nicht vor dem jüngsten Gericht." „Und doch Herr, Gottes mächtige Hand schwebt stets über uns, mal schützend, mal strafend. Uns wurde seine Schöpfung anvertraut und ihr habt sie missbraucht!" Der König lässt die Aussage von Giuliano so stehen und geht wieder seine Wege. Nach diesem Dialog schreibt Giuliano für seine Anhänger und Nachkommen: „Liebe Freunde, für all jene die nach mir kommen, vergesst nie woher wir stammen, prägt euch ein meine Worte in euer Herz, möge noch so groß sein euer Schmerz. Deshalb stehe ich da, mit meinen Füßen im Sand, den Kopf an der Wand. Höre ich auf meinen Verstand, meine Gedanken verlassen meinen Kopf, gelangen dann in meinen Mund, ich sende sie aus, und besiege meinen Schweinehund. So sollt ihr es tun, seht doch, wie das Blut durch eure Adern fließt, und eine Blume aus dem Erdreich sprießt. Ein Fluss immer auf seinen Weg zurückfindet, und der Mond die Meere an sich bindet. Ein Fels prachtvoll in der Brandung steht. Mit wie viel Grazie sich unsere Welt um ihre eigene Achse dreht. Die Vögel mit Leichtigkeit in die Lüfte steigen. Winde sanft um sich greifen und dann den Sand kilometerweit vor sich hintreiben. Heiße flüssige Gesteine zu reißenden Flüsse werden und sich Wege bahnen durch den dicken Mantel der Erde. Neues Land, neues Leben entsteht."

Lukretia wird schwanger

Lukretia wurde von Giuliano schwanger und die Situation brisanter. Nach mehreren Monaten wuchs ihr Bauch und sie konnte es nicht mehr verbergen. Schließlich flog die Liebschaft mit Giuliano auf. Wütend darüber, was in seinem Schloss getrieben wurde, suchte der König Lukretia auf. Dass der König außer sich war, verbreitete sich schnell im Schloss, doch sie konnte nicht fliehen. Auf Anordnung des Königs nahmen die Wachen Lukretia gefangen. Der Kommandant der Wachen, der mit Giuliano sympathisierte, konnte diesmal nichts unternehmen und musste Lukretia zum König führen. Dort angekommen tobte er: „Du Hure! Wie konntest du bloß, du saßt als kleines Kind auf meinen Schoß. Verraten fühl ich mich. Ich kann dich nicht mehr sehen, weg mit dir! Hast geschlafen mit diesem Tier. Wachen, ihr sollt sie erhängen!"

„NEIN," schreit Lukretia. „Das könnt ihr doch nicht machen, oh Herr, ich trag doch ein Kind in mir." „Das ist kein Mensch, was in euch wächst, das ist ein Tier genau wie er! Kommandant, erhängen sagte ich!" Der Kommandant überlegt kurz, wie er die Situation noch retten kann. Und dann schlägt er vor: „Oh mein König, ist es nicht klüger, wenn wir sie am Leben lassen, um ein Druckmittel in ihren Händen zu haben? Wenn Lukretia stirbt, stärkt ihr nur sein Willen."

„Dann lass ich sie eben beide gleichzeitig erhängen!" „Mein König, beide sterben lassen, und so Märtyrer erschaffen?"

Aber der König wollte davon nichts hören und verordnete sie beide zu hängen, aber erst, wenn das ungeborene Kind zur Welt kommt, so viel Barmherzigkeit konnte der König dann doch noch zeigen. Als Giuliano davon erfuhr, nutze er die Zeit, noch Briefe für seine Nachkommen zu schreiben. „Für meine Söhne und für meine Töchter, für meine Anhänger, für all die, die nach mir kommen. Das alles verdank ich ihr, der Vernunft, und das ich nicht werd zum Stier, der Zukunft, fern ab von Gier, meine Gabe, aus längst vergessenen Jahre, die Liebe, die mich umgibt heilt meinen Körper, der vollgesogen war mit Gift. Beide packten mich mit ihren Händen, befreiten mich von meinen Ketten, die ich um meinen Hals trug. Das alles verdank ich ihnen, der Vernunft, der Zukunft. Holten mich wieder raus, aus meinem engen Sarg, was ich Leben nannte. Wo meine Seele jeden Tag brannte. Das alles verdank ich ihm, mein Glück, meine Leichtigkeit, die Liebe, meine Glückseligkeit, meinen Mut und Zufriedenheit, meine Kraft und meine Freiheit. Die Liebe erklären? Wie will man die Liebe erklären? Kann man Gott erklären? Kann man es verstehen? Ich versuche, dass was ich fühle, wiederzugeben. Ohne Zweifel, sie ist einzigartig! Sie ist atemberaubend und erst recht, wenn man es versteht und seinen Emotionen freien Lauf lässt. Doch erklären? Wie viele Bücher wurden schon geschrieben? Wie viele Menschen haben es versucht? Es ist immer wie ein Tropfen auf einem heißen Stein.

Die Bibel mit all ihren Weisheiten, mit all ihren Geschichten und Gleichnissen, allein „nur" um Gott zu erklären. Die Liebe erklären? Es ist keine Wissenschaft, man kann sie nur fühlen, denn sie ist göttlich, viele wollen beweisen und erklären, was man nicht sieht. Öffnet das Herz und ihr seht alles. Die ganze Pracht des Universums öffnet sich vor eueren Augen. Denn, wenn das Herz taub ist, dann ist man blind. Die Liebe ist wie ein neugeborenes Kind, unschuldig, zart, sorgenfrei, leicht, unbeschwert, nicht nachtragend und immer verzeihend. Man soll sie pflegen, wie einen Samen, den man einpflanzt und ihn gedeihen lässt zu einer zarten kleinen Pflanze. Die kleine zarte Pflanze wächst zu einem starken Baum, der alles standhält, der alles übersteht. Größte Dürre, jeden noch so verheerenden Sturm. Manche mögen sagen: „Aber auch ein Baum fällt irgendwann zu Boden, möge er noch so lange leben. Oder eine Pflanze irgendwann nicht mehr blüht." Und ich sage: „Dort wo ein Baum fällt, wachsen neue Bäume, und dort wo eine Blume verwelkt, wachsen hundert neue Blumen. Alles kann man mir nehmen, nur nicht das, was habe ich gegeben. Die Freiheit, die Liebe und das Licht. Mein Wort und mein Gedicht. Der Klang des Windes, die Schönheit des Himmels. Alles kann man mir nehmen, nur nicht das, was habe ich gegeben. Mein Leben. Mein Herz. Hat er doch das Universum in seiner Hand, die Sonne in den Augen, die Gedanken versickern im Sand." Die Menschen staunen und sagen: „Das gibt es nicht." Der Zufall, die Statistik hat Gewicht.

Das Wunder, das gibt es nicht. Fauler Zauber, blinde Wut, die Herzen sind dunkel. Wie sie sich doch alle irren. Wenn sie doch wüssten. Ist der Wissende den Unwissenden überlegen? Ja ist es ein Segen? Gedanken explodieren, Worte, die sich verirren, Sätze, die nie ankommen. Er hat das Universum in seiner Hand, gab mir die Gabe, wo soll ich damit hin? Ist der Wissende den Unwissenden überlegen? Die Augen dunkel, die Ohren taub, die Münder stumm, was hat man mir nur aufgetragen? Wenn mir so oft doch sie fehlt, die Menschensprache. Oh Gott ich weiß ja wie, so oft zeigst du es mir, gezweifelt an Dich hab ich nie! So helfe mir doch, die Menschen zu erreichen, mehr als von dir sprechen kann ich nicht. Denn nur dein Wort hat Gewicht! Denn am Anfang ward das Wort und das Wort wurde Mensch. Wärme legt sich auf mein Herz, wenn du zu mir sprichst. Und danach ist es schwer Gedanken in Worte zu wandeln. Gott der Himmel und Erden. Du bist mein Hirte, der, der mich leitet, mit Worten und Gedanken. Mit deinen Eingebungen und Visionen. Du bist unsere Inspiration, Beschützer des Universums, Beschützer aller Tiere und aller Menschen. Dein ist das Reich, du hast die Kraft. Beschützer der Naturgesetze. Hüterin des Lichts, gibst uns deine Gaben und verlangen wirst du nichts außer Liebe. Du führst uns nicht in Versuchung und erlöst uns vom Bösen. Denn dein ist die Kraft und die Macht, in Herrlichkeit und Ewigkeit, Amen.

Immer dann, ja immer dann, wenn man denkt, es kommt nichts mehr, es passiert nichts mehr, es kommt nichts Neues, man hat alles schon gesehen, erlebt, kommst du und lehrst uns eines Besseren, zeigst uns was Neues, lässt uns noch schönere Dinge erleben, es kommt immer mehr und mehr, immer größer und größer. Dein Licht ist unendlich, deine Liebe grenzenlos. Es gibt für dich keine Nationen oder Religionen, kein weiß oder schwarz, hast uns reich belohnt mit all deinen Farben, mit deiner Perfektion. Wir sehen alles durch deine Augen, all die schönen Sachen, die du hast erschaffen. Und dennoch sehen wir nichts! Wir sind blind, wir sind geblendet, hast durch unsere Hände uns das Gefühl gegeben. Und dennoch, wir können nichts spüren. Wie meine Brüder und Schwestern vor mir, sprech ich von nichts anderem. Wir bewegen uns im Kreis, alles wiederholt sich.

Das Böse

„Ich spreche und sage euch, lasst ab davon. Kehrt ihm den Rücken, und in dem wir es aussprechen, laufen wir ihm in die Armen."

Die Provokation und die Angst

„Ich sage euch, erst erscheint die Angst, dann die Provokation. Und dies dient uns als Schutz? Amen, das sage ich euch, ihr findet Schutz nur in der Liebe."

Kaum war das Kind geboren, vollzog der König sein Urteil und Giuliano und Lukretia wurden gehängt.

Das Kind wuchs im Schloss auf. Die Macht des Königs hielt nicht mehr lange, denn mit dem Tod Giulianos fing auch der Aufstand an und der König musste abtreten. Das Kind von Giuliano und Lukretia kam schließlich zu dem Onkel von Giuliano und so blieb die Blutlinie bestehen.

Die Originalbriefe von Giuliano blieben in Familienbesitz und wurden so gut gehütet, wie es nur möglich war. Nicht nur der Kirche waren die Briefe ein Dorn im Auge und sie taten alles, um es in Vergessenheit geraten zu lassen, mit Erfolg. Schließlich vergingen hundertsiebenundsiebzig Jahre, Unruhen und zwei Weltkriege erschütterten die Welt. Die Briefe des Giulianos blieben lange verschollen. Jedoch die Erzählungen und Mythen um Giuliano, dem Knecht des Königs, blieben noch am Leben.

Salvatore

Salvatore, der im Jahr 1947 geboren ist, ist ein Nachkomme Giulianos, bekam er die Geschichten von seiner Mutter Eleonora als Kind erzählt. Über die Heldentaten, die Revolution, die er anzettelte. Die Geschichten wurden von Generationen zu Generationen weitergegeben. Salvatore war begeistert und sagte stets zu seiner Mutter: „Mama, wenn ich groß bin, will ich auch wie Giuliano für die Freiheit kämpfen." Die Mama von dem kleinen Jungen amüsierte sich immer, wenn er das sagte: „Mein Sohn, zum Glück leben wir nicht mehr in einem Königreich oder in einer Diktatur, wir müssen nicht mehr für unsere Freiheit kämpfen, wir sind, Gott sei Dank, frei." Die Jahre vergingen und aus dem kleinen Jungen wurde ein erwachsener Mann. Es zog ihn in die Großstadt, seine Eltern blieben auf dem Lande, um weiter ihren Hof zu bewirtschaften. Salvatore entschied zu studieren. Sein Traum, Theologie zu studieren, sollte bald wahr werden. Wie es im Leben so ist, erkannte Salvatore während seines Studiums, dass es viele Widersprüche zu seinem Glauben gibt. Zum Beispiel konnte er sich mit den Gedanken nicht anfreunden, dass jeder Mensch in Sünde geboren wird. Bei solchen Themen gingen ihm immer wieder die Worte seiner Mutter durch den Kopf, dass jeder Mensch frei sei. Ein Tag in der Uni, in der Politik Stunde, ging es um die Freiheit, über die Abschaffung der Monarchie und der Diktatur.

Der Professor erklärte: „Als angehende Priester solltet ihr euch, immer für die Freiheit der Menschen einsetzen ..." Salvatore unterbricht den Professor und fragt: „Herr Professor Salzberg, wie soll ich die Freiheit predigen und mich für sie einsetzen, wenn uns doch gelehrt wird, dass wir in Sünde geboren wurden?" „Salvatore, was meinst du, ich verstehe deine Frage nicht." Angenervt von den Fragen fuhr er den Unterricht fort. Salvatore stellte daraufhin keine Fragen mehr. Aber genau diese Frage sollte ihn in der Zukunft beschäftigen und trug dazu bei, dass er doch kein Priester werden wollte, vorerst! Er schloss sein Studium mit Bravour ab. Kurz darauf starben seine Eltern im hohen Alter und Salvatore, der gerade mal achtzehn Jahre jung war, erbte das Haus und den großen Hof. So entschied er sich, wieder zurück in das kleine Dörfchen zu ziehen, wo er aufgewachsen ist. Er sagte noch vor seiner Abreise zu seinem Professor: „Lieber bin ich mein eigener Knecht, als ein Knecht dieser Gesellschaft." Salvatore brauchte nicht lange, um sich wieder zu erinnern, wie ein Hof bewirtschaftet wird. Er hatte schließlich alles von seinem Vater Giovanni gelernt. Sein Hof gab alles her, was das Herz begehrt. Er hielt Schweine, Kühe, Hühner, er pflanzte Mais an und noch vieles mehr. Im kleinen Dorf verbreitete sich die Neuigkeit schnell, dass Salvatore wieder zu Hause ist und dessen Hof übernommen hat. Aber, aufgrund dessen, dass Salvatore in Trauer war, hielt sich die Neugier der Dorfbewohner in Grenzen.

Eines Morgens, als er das Gartentor reparierte, kam die Nachbarin Frau Milano vorbei. „Guten Morgen Salvatore, wie geht es dir mein Junge, weißt du noch, wer ich bin?" „Guten Morgen Frau Milano, natürlich weiß ich noch, wer sie sind. Ich werde doch nie vergessen, wie ich die Beine der Hühner festhalten musste, während Sie ihnen die Köpfe abgehackt haben." Beide fangen laut an zu lachen. „Oh ja ich weiß noch, wie du vor Schreck die Hühner losgelassen hast und du dachtest, dass sie vom Teufel besessen sind, weil sie ohne Kopf durch die Gegend gelaufen sind." „Ach ja, das waren noch Zeiten Frau Milano, lang ist es her. Wie geht es ihrem Mann und ihrer Tochter Maria?" „Mein Mann ist vor zwei Jahren verstorben und meine Tochter möchte nicht aus dem Haus. Sie meint, sie kann eine alte Frau doch nicht alleine lassen." „Oh, das tut mir leid mit ihrem Mann, mein Beileid."

„Danke Salvatore, aber er ist wenigstens im Gegensatz zu deinen Eltern, friedlich von uns gegangen. Na ja, ich muss jetzt weiter, mach es gut mein Junge. Gott möge dich beschützen."

Salvatore ist verwundert über die Aussage der alten Frau und bevor sie weiter gehen kann, hält er sie am Arm fest und fragt: „Frau Milano, was meinen Sie damit, im Gegensatz zu meinen Eltern?" Als Frau Milano merkt, das Salvatore absolut keine Ahnung hat, was passiert ist, weicht sie aus. „Na ja, du weißt doch, wie das ist im hohen Alter, man wird dement und spricht wirres Zeug. Ich muss jetzt wirklich los mein Junge. Ciao."

Salvatore ist verwirrt über die Aussage von Frau Milano. Hat er doch, eine Woche bevor seine Eltern verstarben, mit ihnen telefoniert. Aber ein Zeichen auf Demenz gab es nicht. Den ganzen Tag denkt er nach über das, was die alte Frau ihm erzählt hat. Abends, nachdem er die Tiere in den Stall gebracht hat, geht Salvatore in die Küche. Während er seine Lieblingsnudeln kocht, Spaghetti mit Tomatensoße, backt er nebenbei noch Brot. Beim Backen und Kochen erinnert er sich an die schönen Zeiten mit seinen Eltern, wie ihm seine Mutter als kleiner Junge schon das Kochen lehrte und sein Vater ihm in der Kunst des Viehzüchtens und der Feldarbeit einweihte. Dabei trinkt er eine Flasche Wein und wird melancholisch. Er lacht und weint zugleich als er sich die alten Bilder, die noch an der Wand hängen, anschaut. Bilder aus längst vergessenen Zeiten. Nach der zweiten Flasche Wein und einem Teller Nudeln versucht er, so volltrunken wie er ist, aufzuräumen. Dabei fällt ihm ein Sack Mehl auf den Boden. Erbost über die Schweinerei, die er angerichtet hat, vergeht ihm die Lust, volltrunken und fluchend geht er zu Bett. Am nächsten Morgen steht Salvatore mit starken Kopfschmerzen auf, er zwingt sich aus dem Bett, und geht in die Küche, um sich einen Kaffee zu kochen. „Oh Gott im Himmel!" Denkt er sich, als er die ganze Schweinerei sieht. Wie ein schwerer Sack setzt er sich auf einen Stuhl und denkt sich: „Nie wieder Alkohol!" Während er sich mit beiden Händen durch sein Gesicht streichelt, bemerkt er etwas auf den Boden.

Er reibt sich die Augen, er steht auf und schaut sich das näher an, ihm geht ein Schauer über den Rücken, als er Fußspuren im verstreuten Mehl erkennen kann. „Seltsam das sind Fußspuren eines Kindes!" Denkt er sich.

Er verfolgt die Spuren, sie fangen an der Haustür an, ziehen sich durch die gesamte Küche bis hin in den Flur. Im Flur ist eine Holztreppe, die in den zweiten Stock führt, wo das Schlafzimmer der Eltern ist und sein altes Kinderzimmer. Die Fußspuren sind auch auf der Treppe zu erkennen, bis zu der Tür, die Salvatore bei seiner Ankunft verschlossen hat, da er diese Etage nicht benutzt. Salvatore hat diesen Schlüssel immer in seiner Hosentasche, er holt ihn raus und will die Tür aufschließen, doch wie er den Schlüssel im Schlüsselloch steckt, merkt er, dass die Tür bereits offen ist. Er braucht sie nur noch leicht anzustupsen, doch genau auf der Schwelle der Tür hören die Fußspuren auf. Salvatore wird es mulmig, er bekommt eine Gänsehaut. Was er auch noch merkwürdig findet, ist das die Fußspuren nur in eine Richtung zeigen, also, jemand ist hinein, aber nicht mehr herausgegangen. Aber wer hat so kleine Füße außer einem kleinen Kind und auch noch barfuß? Salvatore schiebt das erst alles auf den Alkohol und macht sich keine Gedanken mehr und räumt die Sauerei wieder auf.

Da sein Mehl in der Wohnung gelegen hat, muss er sich erneut Mehl kaufen gehen und geht zum alten Marktplatz.

Dort angekommen fällt ihm wieder ein, wie gewaltig er das vermisst hat, als er in der Großstadt lebte. Der frische Duft der Blumen, das saftige Obst und das knackige Gemüse. Während er sich sämtliche Schönheiten an den Ständen anschaut, rempelt er eine Frau an. Alles was er und die Frau in den Armen tragen fällt zu Boden, sein Mehl das wieder verstreut auf den steinigen Boden des Marktplatzes liegt und die frisch gekauften Eier der Frau. Eine Riesen Sauerei. „Na, jetzt fehlt nur noch Zucker und Hefe und wir können einen Pizzateig kneten." Lockert die Frau sofort die peinliche Situation von Salvatore auf. Rot vor Scham antwortet er: „Tut mir zutiefst leid, mein Vater sagte schon immer, ich soll nicht träumen und geradeaus schauen." Die Frau grinst und erkennt den Mann, der vor ihr kniet und ihr hilft die Sachen wieder aufzuheben. „Ich weiß Salvatore, ich kann mich erinnern, als dein Vater es dir sagte, ich weiß ja noch wie du vor der Laterne gelaufen bist, weil du die Sterne am Nachthimmel beobachtet hast." Salvatore staunt, als die Frau ihm das erzählt. „Maria? Mein Gott!" Salvatore freut sich enorm, Maria wiederzusehen. „Wie geht es dir?"

„Gut, sehr gut, meine Mama erzählte mir, dass du wieder da bist."

„Ja, da ich das Haus geerbt habe, seitdem meine Eltern verstorben sind, hab ich mich entschlossen wieder zurückzukommen." „Ja ich weiß, mein Beileid." „Danke." „Dann werden wir uns ja demnächst öfter sehen, Träumer."

Salvatore lacht verschämt, sie verabschieden sich und Salvatore geht wieder nach Hause. Dort angekommen geht ihm wieder das Gespräch mit Frau Milano durch den Kopf. „Meine Eltern dement, das kann nicht sein, und was ist letzte Nacht passiert? Wo kommen diese Fußspuren her?"

Salvatore ist müde von den ganzen Gedanken, die ihm durch den Kopf gehen. Er legt sich ein bisschen hin, um seine müden Augen ausruhen zu lassen. Doch schlafen kann er nicht, er muss an Maria denken, wie bildschön sie doch ist. Er denkt noch eine ganze weile an sie, bis er schließlich einschläft. Ein lauter Knall weckt Salvatore wieder auf, Nass geschwitzt und mit Angst in den Augen sitzt er im Bett und fragt sich, was geschah. Draußen ist es längst dunkel, er hat den gesamten Tag verschlafen. So langsam kommt er wieder zu sich. Er steht auf, um etwas zu trinken. Während er zur Flasche greift hört er Schritte in der oberen Etage. Das hört sich an, als ob jemand im Schlafzimmer seiner Eltern hin und her gehen würde. „Ich habe doch heute Morgen erst wieder abgeschlossen", denkt er sich. Er steht mitten in der Wohnung, Salvatore traut sich nicht von der Stelle. Er schaut sich um, ob die Wohnungstür möglicherweise offen steht, sie ist aber zu. Die Fenster auch alle verschlossen. Also eingebrochen ist hier niemand. Zumindest scheint es auf den ersten Blick so. Salvatore versucht in Richtung Küche zu gehen, in diesem Moment knallt es im Obergeschoss wieder so laut, als ob jemand mit einem Vorschlaghammer auf den Boden hauen würde. Er zuckt zusammen vor lauter Angst. Salvatore schreit und läuft in die Küche und holt sich das Fleischermesser.

„Hey, wer ist da?" Schreit er.

Doch niemand antwortet, alles still, langsam bewegt sich Salvatore Richtung Treppe.

„Ich bin bewaffnet und komm jetzt nach oben", schreit er mit der Hoffnung, das, wenn es doch ein Einbrecher ist, dieser sich ergibt oder wegläuft. Als er mitten auf der Treppe steht, öffnet sich wie von Geisterhand die Tür. Salvatore bekommt Angst. Er betritt das Zimmer und schaltet das Licht ein. Mitten im Schlafzimmer steht eine große Holzkiste, die er zuvor noch nie gesehen hat. Er schaut sich um, doch niemand ist zu sehen. Das Schlafzimmerfenster ist ebenfalls verschlossen. Er öffnet die Tür vom Kinderzimmer und auch dort ist alles verschlossen. Er traut sich nicht die Kiste anzufassen und betrachtet sie erst mal aus der Ferne. Die mysteriöse Kiste ist mit einem Schloss verriegelt.

„Wo zum Teufel kommt diese Kiste her?" Denkt sich Salvatore und nähert sich langsam. Beim Betrachten der Kiste bemerkt er seltsame Schriften und Zeichen, die eingeritzt sind. Er kniet sich hin und streicht mit seinen Händen darüber, um sie vom Staub zu befreien. Die Schriften auf der Kiste sind in Latein und in einer Schrift, die er nicht lesen kann.

Viele Zeichen sind darauf zu erkennen, unter anderem jüdische, christliche und andere Zeichen, die er noch nie im Leben gesehen hat. Er versucht sie zu öffnen, doch ohne passenden Schlüssel ist nichts zu machen. Er lässt erst mal von ihr ab und verlässt wieder das Zimmer. Salvatore schließt die Tür wieder ab und geht runter. In der Küche angekommen, setzt er sich auf ein Stuhl und kann das alles irgendwie nicht glauben. Die wirren Aussagen von Frau Milano, die Fußabdrücke und jetzt diese Kiste! Das ist zu viel auf einmal und trotz der Kopfschmerzen will er das alles mit einem Glas Whisky herunterspülen. Nachdem er seinen Schock ein wenig überwunden hat, entscheidet er, über die Ereignisse mit dem Ortsprediger zu sprechen.

Salvatore und der Prediger

Salvatore geht zum Prediger des Dorfes, mit der Hoffnung mehr über den Tod seiner Eltern zu erfahren.

„Guten Morgen Don Michele, Friede sei mit Ihnen." Begrüßt Salvatore den Prediger.

„Friede sei mit dir Salvatore, wie kann ich dir helfen, ich erwarte deinen Besuch schon seit Tagen."

„Vater ...", fängt Salvatore an und wird abrupt vom Prediger abgeblockt.

„Nein, nenn mich bitte nicht Vater." Salvatore wundert sich und fragt: „Verzeih, aber warum?" Don Michele erklärt ihm: „Nenne niemandem Vater auf Erden, denn einer ist der Vater, der himmlische." „Ja Don Michele, ich kenn die Worte des Messias, wie Sie ja wissen habe ich Theologie studiert, ich wollte auch ein Prediger werden." Don Michele nickt, er weiß sehr wohl über Salvatores Entscheidung. „Warum bist du hier mein Junge?" Fragt der Prediger. Salvatore antwortet: „Ich habe viele Fragen, die Dorfbewohner gehen meinen Fragen aus dem Weg und ich hoffe, dass Sie mir antworten geben können." „Ich werde versuchen, so gut ich kann, deine Fragen zu beantworten mein Junge." Der Prediger steht auf und macht alle Türen und Fenster zu, sogar das Licht schaltet er aus, setzt sich wieder hin und macht eine Kerze an. Salvatore ist erstaunt und fragt: „Warum tun Sie das?"

Der Prediger antwortet mit verängstigter Stimme: „Wir wollen doch dem Bösen keine Möglichkeit geben zu lauschen, oder?" Salvatore runzelt die Stirn. „So und nun stell mir deine Fragen." „Ich weiß nicht, wo ich anfangen soll, ich habe das Gefühl, dass hier im Dorf irgendetwas nicht stimmt. Ich würde gern wissen, was wirklich mit meinen Eltern passiert ist. Und zu Hause geschehen merkwürdige Dinge, die ich mir nicht erklären kann." Der Prediger nimmt tief Luft und sagt: „Ich wusste, dass dieser Tag kommt, aber bevor ich dir erzähle, was hier geschehen ist, will ich von dir wissen, warum du dich gegen das Priesteramt entschieden hast, hast du eigentlich bemerkt, dass die Kirche immer leer steht? Heute ist Sonntag."

„Ja natürlich ist es mir aufgefallen, das ist aber nicht nur hier im Dorf so. In den Städten beobachtet man immer mehr, dass die Menschen die Kirchen vermeiden. Was mich ehrlich gesagt nicht wundert." Don Michele wundert sich über die Aussage und fragt: „Warum? Warum wundert dich das nicht mein Junge?" „Don Michele hören Sie, ich möchte wirklich niemanden zu nahe treten oder gar beleidigen. Der Grund warum ich mich gegen das Priesteramt entschieden habe, waren persönliche Gründe, Differenzen im Glauben. Für mich, Don Michele, gibt es nur eine Instanz, Gott! Niemanden gibt es dazwischen, niemanden, der mein Leid und meine Sorgen, mein Glück und meinen Kummer vermitteln oder weitergeben kann.

Ich kann das Glaubensbekenntnis des Christentums nicht mit meinem Glauben vereinbaren. Aus vielerlei Gründen, schon beim ersten Gebot fängt es an, dort steht das man „nur" Gott anbeten soll und wie sieht die Realität aus? Es werden unzählige „Heilige" angebetet. Und die Tatsache, das vieles aus dem griechischen, römischen und keltischen Heidentum übernommen und/oder vermischt wurde. Man braucht auch nicht besonders schlau zu sein, um das zu erkennen, ich gebe Ihnen noch ein Beispiel ... Kelten, Gott Odin, Sohn Thor, Griechen, Gott Zeus, Sohn Herkules bzw. Herakles. Wie kann man zweitausend Jahre Versklavung, Misshandlung und Kriege leugnen? Der Glaube wurde und wird immer noch missbraucht für Machtverhältnisse. Wie können wir jetzt mit dem Finger auf andere zeigen, wenn die christliche Seele innen noch schwarz ist? Don Michele ich kann nur über meine persönlichen Gefühle reden. Mir ist es ein Gräuel allein nur zu hören, dass man Maria Mutter Gottes nennt. Ja ich weiß, es beruht darauf, dass die Christen glauben, Jesus sei Gott in Person. Gott ist aber weder Mann noch Frau, allein nur die Bezeichnung „ER"! Don Michele, wie Sie sehen und hören können, ist das falsch in meinen Augen und das kann ich nicht den Menschen näher bringen als Würdenträger." Der Priester holt nach den Worten von Salvatore tief Luft und sagt: „Es gibt Geschichten über deine Vorfahren."

„Ja, es sind nur Geschichten." „Nein es sind nicht nur Geschichten, die sind wahr.

Es gibt Briefe, die Briefe des Giuliano." „Ja, ich erinnere mich, meine Mama erzählte mir davon. Die Heldentaten von Giuliano." „Mein Junge, mich wundert es nicht, dass du so eine Einstellung hast, kommst ganz nach deinen Vorfahren, der Geist Giulianos lebt in dir weiter."

„Also ist es keine Saga, sondern die Geschichten sind alle wahr?" „Gewiss und die Briefe sind auch real." „Wissen Sie, wo die Briefe sind? Haben die Briefe meine Eltern in Schwierigkeiten gebracht?"

„Warum hätten die Briefe deine Eltern in Schwierigkeiten bringen sollen? Nein, die Briefe waren es nicht, nur eine Handvoll Menschen wissen über die Briefe Bescheid." „Was ist dann geschehen Don?" „Salvatore, ich rate dir, lass es sein! Warum willst du die Vergangenheit wieder aufwühlen?"

„Ich muss wissen was passiert ist." Der verzweifelte Priester merkt, dass er Salvatore nicht überzeugen kann loszulassen. „Salvatore, deine Eltern waren nicht die, für die du und die meisten Menschen sie gehalten haben." Salvatore ist verzweifelt und fragt weiter: „Ich verstehe nicht, was soll das bedeuten?" „Das Böse ist allgegenwärtig Salvatore, als der Flüsterer die Schlange losließ, hätte niemand damit gerechnet, dass sie so stark wird. Mein Junge, was passiert, wenn man sich von Licht entfernt?"

Salvatore runzelt die Stirn und antwortet: „Es wird dunkel." „Ja genau, es wird dunkel.

Und die Dunkelheit hat die Herzen vieler Menschen verdunkelt." „Sie sprechen in Rätseln Don Michele, das bringt mich nicht weiter."

„Salvatore, was willst du von mir hören?" „Don Michele, Sie drücken sich vor diesem Gespräch, ich will natürlich die Wahrheit hören." Don Michele steht auf und stellt sich mit den Händen am Rücken an das Fenster und sagt: „Die Wahrheit, tsss, jeder hat seine eigene Wahrheit. Ja ich bin noch nicht bereit dir die Wahrheit zu sagen, nicht heute." Salvatore wird das Gefühl nicht los, dass der Priester Angst hat, es aber nicht zugeben will. Aber wovor? Enttäuscht verlässt Salvatore wieder die kleine Kirche und geht nach Hause. Zu Hause angekommen wartet schon Frau Milano auf ihn. „Guten Morgen Frau Milano, Sie warten auf mich?" Frau Milano reagiert ziemlich genervt: „Ja ich warte auf dich, du warst bei Don Michele in der Kirche und ich kann dir nur raten, ihn nicht ernst zu nehmen." Salvatore wundert sich und entgegnet: „Was soll ich nicht ernst nehmen?" „Alles!" Und Frau Milano geht, nach dem Salvatore die Tür aufschloss, einfach rein in die Wohnung. Frau Milano steht nun im Flur und sie starrt den ahnungslosen Salvatore an. Dann fängt sie an leise zu sprechen: „Ich kann sie sehen, ich kann sie alle sehen." „Frau Milano warum sprechen Sie so leise, es ist niemand hier außer wir zwei. Wen können Sie sehen?" „Die kommen jede Nacht und manchmal auch tagsüber. Sie stehen einfach da und starren mich einfach an." Salvatore kann nicht glauben, was er da hört.

„Frau Milano Sie sprechen wirres Zeug, wer starrt Sie an jede Nacht?"

„Da sind Männer so wie Frauen, sie haben seelenlose, dunkle Augen und tragen Gewänder", plötzlich fängt Frau Milano an zu weinen: „Sie stehen einfach da und sagen kein Wort, ich habe Angst was zu sagen und tu einfach so, ob ich schlafen würde, ich habe so eine Angst, seit Tagen schlafe ich nicht mehr." „Aber Frau Milano, vielleicht Träumen Sie auch nur?" „Nein mein Junge, ich bin hellwach!" „Frau Milano, ein Moment bitte, setzen Sie sich hin, ich hole Ihnen ein Glas Wasser." Er geht zum Kühlschrank, greift zur Flasche Wasser, dreht sich um, um weiter das Gespräch zu führen, doch weit und breit keine Frau Milano mehr zu sehen, die Tür steht offen und die alte Frau ist verschwunden. Der ahnungslose Mann schüttelt den Kopf und wundert sich: „Merkwürdige alte Frau."

Salvatore und Maria

Nach diesem merkwürdigen Gespräch fällt ihm wieder ein, dass die alte Kiste immer noch dort oben steht, ungeöffnet! Er geht in den Keller und holt sich Werkzeug, mit der Hoffnung die Kiste aufzubekommen. Er versucht es mit Schraubendreher, Hammer und Meißel, doch nichts bewegt sich. Nach gefühlten zwei Stunden gibt er schließlich auf. Nachdem Salvatore die Tür wieder verschlossen hat und sein Werkzeug in den Keller gelagert hat, klopft es an der Tür. Salvatore freut sich wie ein kleines Kind als Maria vor seiner Tür steht und gleichzeitig kommt ihm wieder Frau Milano im Sinn. „Maria, komm doch bitte rein."

„Danke Salvatore." Salvatore und Maria setzten sich hin, Salvatore macht eine Flasche Rotwein auf und beide unterhalten sich: „Salvatore, was siehst du, wenn es dunkel ist?" Fragt Maria während sie ihm mit ihren Händen durch die Haare streichelt. „Licht!" Antwortet Salvatore mit bestimmender und doch sanfter Stimme.

„Und was siehst du, wenn es hell ist?"

„Noch mehr Licht!"

Und gibt ihr einen Kuss auf die Stirn. Die Stimme von Maria wird immer leiser und sie schließt die Augen. „Und wenn du deine Augen schließt?" „Dann sehe ich die vollkommene Schönheit deines Seins. Und wenn ich sie wieder öffne, dann sehe ich dich, dann sehe ich den Himmel, die Natur, die Sterne, dein Gesicht." Und küsst sie weiter auf den Mund. „Sag mir, was ist die Natur?"

„Die schönste Symphonie, die ich je hörte." Die beiden umarmen sich innig und Maria fragt weiter: „Was sind die Steine?" „Maria, ewiges Leben, Maria." „Und das Gesicht worüber du sprichst?" „Das Gesicht? Die Vollkommenheit des Universums, das Wort? Das Tor in die Unendlichkeit!" Beide lieben sich, wie sich noch nie jemand geliebt hat und die Nacht vergeht und es wird wieder Morgen.

„Wie ich dich liebe,
wie sehr ich dich doch begehre,
du bist mein Leben,
für dich würde ich sterben,
du bist die Sterne,
und mein Traum, den ich lebe."

„Maria, wie war die Nacht, hast du gut geschlafen? Die Betten sind ziemlich alt," und lächelt dabei. Maria wird ganz rot und entgegnet frech: „Nein es war ziemlich laut," und beide fangen an zu lachen. Nach ein paar Brötchen und einen Kaffee möchte Salvatore Maria auf ihre Mama ansprechen. Bevor er anfängt zu sprechen, nimmt er ihre Hand und hält sie fest. „Maria, deine Mama war gestern hier bei mir und sie hat sehr merkwürdige Dinge erzählt. Ich war bei Don Michele und wir haben uns unterhalten. Deine Mama wusste davon und hat mich hier zu Hause abgefangen, ja wie ich schon sagte sie erzählte nur wirres Zeug und kaum hab ich ihr den Rücken zugedreht, verschwand sie wieder." Maria staunt über die Worte von Salvatore und fragt: „Was für ein wirres Zeug, was sagst du da, wann war sie hier? Ich weiß auch nicht, jetzt wo du das ansprichst, ich höre immer Geräusche nachts und sprechen tut sie auch." Salvatore fühlt die Sorge und die Angst von Maria und beruhigt sie wieder: „Macht dir keine Sorgen, ich bin bei dir und werde dir nie von der Seite weichen, wir werden es schon herausfinden, was hier los ist." Einige Tage später und nach mehreren Gesprächen mit Don Michele, entscheiden beide das Salvatore als Vorredner im Gemeindehaus sprechen soll. „Versuche es Salvatore, predige das Wort, wie du es für richtig hältst." Der Prediger ist glücklich, als er Salvatore sagen hört: „Ja Don, ich werde es versuchen. Aber hier geht es nicht darum, was ich für richtig halte.

44

Mir geht es darum Wissen zu verbreiten. Denn ist der Wissende nicht dem Unwissenden überlegen? Gelehrt wurde, der Stärkere überlebt, ich aber sage: der Wissende ist dem Unwissenden überlegen, möge er noch so stark sein." Don Michele ist wahrlich stolz auf seinen Neuling, klopft ihm auf seine Schulter und sagt: „Möge der Allerhöchste dich schützen und segnen mein Sohn."

Salvatores erste Predigt

„Friede sei mit euch." Begrüßt Salvatore die neue Gemeinde und führt fort: „Als ich vor ca. fünfzehn Jahren anfing, mich mit dem Christentum auseinander zu setzen, war ich doch sehr enttäuscht. Warum? Nun, ein guter Freund, den ich heute noch kenne, brachte mich dazu die Bibel in die Hand zu nehmen und zu lesen. Wie brachte er mich dazu? Er stellte mir eine Frage, er fragte mich: „Wer ist Jesus Christus für dich?" Da er wusste, dass ich römisch-katholisch getauft war, fand er die Frage auch nicht merkwürdig. Ich antwortete prompt: „Ein Prophet Gottes!" Und genau dieser Satz, diese Antwort hat mein Leben verändert. Ich fing an zu lesen, denn im Christentum ist Jesus nicht „nur" einfach ein Prophet, nein, er ist der Sohn Gottes und gleichzeitig Gott selbst! WOW, Moment nicht so schnell, ganz im Ernst, für mich und viele andere Menschen ist es verdammt wichtig. Und so fing ich an zu recherchieren. Ich habe die Bibel, den Koran, wie Teile der Apokryphen und andere Bücher gelesen. Wie gesagt seit mittlerweile fünfzehn Jahren und ich weiß, es ist eine Lebensaufgabe. Zurück zu meiner Enttäuschung, nach mehreren tausend Stunden des Lesens über die römische und griechische Mythologie und das Heidentum der Kelten bis hin zum Hinduismus und Buddhismus, erkannte ich, wie viele Parallelen es zwischen dem Christentum und alle anderen Religionen und der Mythologie gibt."

Im Saal könnte man eine Nadel fallen hören, so still ist es, Salvatore nimmt einen Schluck Wasser und spricht weiter: „Für mich persönlich hat das Christentum wenig mit der Bibel und Jesus gemein. Gewiss bin ich nicht der Erste, der darüber redet. Werde auch nicht der Letzte sein. Dennoch finde ich es wichtig, dass man seine Gedanken in Wort und Tat wandelt. Zurück zum Christentum, also ist Jesus Gottes Sohn, doch die Wahrheit ist, Gott nennt nicht nur Jesus seinen Sohn, Gott nennt David seinen Sohn, Gott nennt Israel seinen Sohn bzw. seine Kinder, Gott nennt ganze Völker seine Kinder, davon mal abgesehen, dass das alles richtig übersetzt worden ist, warum bzw. woher nimmt sich das Christentum das alleinige Recht zu sagen, Jesus ist der einzige bzw. eingeborene Sohn? Aus einer Metapher eines Apostels? Und Gott schickt oder kommt als Heiliger Geist über die Jung(e)Frau Maria und ein Sohn wird geboren? Auch dieses gab es schon in der Geschichte der Menschheit, Jungfrauengeburten gab es in anderen Mythologien bis hin zu den Ägyptern. Es gab mit der Zeit eine Vermischung der Religionen und Mythologien.

Griechische Mythologie – Zeus – Sohn Herakles bzw. Herkules.

Römische Mythologie – Jupiter – mehrere Kinder z.B. Athene.

Keltische Mythologie – Odin – Sohn Thor usw. ich könnte so weiter machen bis hin zu den Ägyptern.

Da ich nicht an Zufälle glaube, finde ich das sehr merkwürdig, dass das Christentum, nachdem diese Religionen aus Europa vertrieben wurden, sehr stark denen gleicht, die man Heiden nannte. Ostern, Weihnachten, Silvester ... alles Bräuche aus dem Heidentum.

Steht die Kirche wirklich für das Wort Gottes und die Propheten?"

Die Stille liegt wie ein Mantel aus Blei auf den Fluss. „Ich habe gelesen, Gott braucht kein Haus. Und doch stehen überall auf den Globus Gotteshäuser aus Holz und Stein.

Ich habe gelesen, jeder einzelne Mensch steht allein für seine Sünden vor Gott. Und doch gehen Millionen von Menschen zu den Priestern und Pastoren und Predigern dieser irdischen Welt und schütten ihre Seele aus. Da die Blasphemie nicht komplett ist, soll man nach den Beichten am Besten noch ein oder mehrere Ave-Maria beten.

Ich habe gelesen, es gibt nur einen Gott und du sollst keinen anderen Gott außer mir anbeten. Aber die Kirche erlaubt Maria anzubeten und behauptet auch noch, sie wäre die Mutter Gottes. Also, ist Maria höher als Gott, also hat die Mama von Gott alles erschaffen? Ist es eine Taktik, wie in der Nahrungsindustrie, um die Menschen zu verunsichern? Ich könnte in der Tat unzählige Blätter füllen mit Fragen und Gegenfragen.

Die Wahrheit ist ganz einfach, es gibt nur einen Gott und dieser Gott ist allein, hat keine Mutter und keinen Sohn.

Gott hat keinen bestimmten Platz, Gott sitzt auch auf keinem Thron, Gott braucht keine Hilfe und schon gar nicht braucht Gott Opfer. Wir müssen aufhören das Menschliche mit dem Göttlichen zu vermischen. Wir denken irdisch, wir denken menschlich, wir denken nicht universell, Menschen, die sich trennen durch Nationen und Religionen und Machtverhältnisse, werden es nie verstehen. Warum nicht? Nun, Nationen ziehen Grenzen, Religionen spalten Menschen, Macht macht blind, gierig und hochmütig. Alles hat einen Anfang … in meinen Augen mit der Erfindung der Religionen, die, wie jede Erfindung gut war. Doch wie oben beschrieben, Nationen ziehen Grenzen, Religionen spalten Menschen, Macht … Es ist nicht nur der Glaube. Nein, mein Glaube hat mir die Augen geöffnet. Mir sollte mal jemand erklären, warum wir Milliarden von Dollar/Lire in die Weltraumforschung investieren und teure gefährliche Raketen bauen und nicht lieber dieses in erneuerbare Energie oder Trinkwassergewinnung usw. investieren.

Der Mensch will lieber in einer menschenfeindlichen Gegend leben und diesen einzigartigen und immer noch geheimnisvollen Planeten vernichten. Wenn das nicht verrückt ist, was dann? Sind wir wirklich unfähig das zu verstehen, dass wir schon das größte Geschenk haben? Leider ja, wir sind wirklich unfähig, denn wir Menschen sind immer unzufrieden, erst wünschen wir uns z.B. ein Auto, ja sogar einen Lebenspartner, um dann, wenn wir es haben, es nicht mehr zu schätzen wissen.

Wir suchen jetzt schon nach Planeten, wollen wissen, ob andere Lebewesen existieren. Aber warum? Damit wir diese Lebewesen ebenso barbarisch behandeln. Oder handeln wir plötzlich anders mit diesen „fremden Lebewesen"? Also, erst rotten wir unseren Planeten aus, bringen alle Lebewesen um, schlagen uns den Bauch mit ihnen voll, um dann weiter zu Wandern?

Was sind wir? Man sagt, dass wir nur bis zu fünf Prozent des Wassers auf unseren Planten trinken können, den Rest nicht. Man weiß jetzt schon, dass die nächsten Kriege wegen Wassermangel bzw. Trinkwassermangel entstehen werden. Aber niemand kommt auf die Idee, das ganze Geld z.B. aus der Weltraumforschung genau dort zu investieren, wo es einen Mangel gibt wie z.B. Trinkwasser! Ist doch kein Wunder das viele den Glauben an die Menschlichkeit verlieren. Wer soll das verstehen? Das Geld ist vorhanden! Aber man möchte nicht, denn Nationen bauen Grenzen! Religionen spalten Menschen. Macht lässt erblinden. Wie überheblich wir doch sind. Nur weil wir wegen unserer Technologie stärker sind als alle anderen Lebewesen, nehmen wir uns heraus, sie zu unterdrücken, einzusperren, zu versklaven, sie in Zoos vorzuzeigen, um sie zu begaffen und auszulachen. Wir nutzen sie aus bis aufs Blut und das alles ohne mit der Wimpern zu zucken.

Unser aller Aufgabe sollte es sein, diesen wunderschönen Planeten und all seine Vielfältigkeit zu bewahren, zu schützen.

Sie ist wertvoll, nicht nur wegen ihrer Schönheit auch weil sie einzigartig ist im Universum. Diesen Planeten gibt es nicht ein zweites Mal. Wir haben nur diesen, wir haben nur eine Chance, es gibt keine zweite. Wollen wir wirklich in einer trostlosen und eintönigen Welt leben? Eine Welt, wo nur Menschen leben, wie ihre Tiere die sie erfunden und gezüchtet haben? Eine Welt mit nur einer Spezies? Eine Welt mit nur einer Kultur?

Ich habe nichts gegen Religionen wie Traditionen. Solange sie der Wahrheit entsprechen und keine Menschen spalten oder diskriminieren. Nur weil sie anders denken, sprechen. Essen oder glauben. Für die Menschheit und unseren Planeten wäre es kein Gewinn, wenn es nur eine Religion, eine Regierung und eine Sprache gäbe. Gerade deshalb liebe ich unseren Planeten, wegen seiner Vielfalt.

Nationen dieser Welt, schafft eure Grenzen ab. An alle Religionen dieser Welt, behaltet eure Vielfältigkeit, ihr seid das Licht der Welt und eure Aufgabe sollte es sein, Frieden zu lehren und Grenzen abzubauen. Wir sollten jetzt anfangen, den ersten Schritt wagen. Klein fängt man an, wir fangen hier an, in unserem kleinen Dorf." Nachdem sich Salvatore in Rage geredet hat und die Gemeinde eher geschockt hat, nimmt er ein Schluck Wasser und verabschiedet sich mit den Worten: „Friede sei mit euch." Draußen auf den Parkplatz wartet schon Maria auf ihn, ganz aufgeregt fragt er: „Maria, wie war ich?"

„Du warst grandios!" Antwortet sie mit leuchtenden Augen. „Vielleicht hättest du noch ein wenig warten können, um eventuelle Fragen zu beantworten." Salvatore unterbricht sie: „Ja, kurz hatte ich den Gedanken, aber die waren alle so still und alle starten mich an, ich wusste nicht weiter und bin einfach gegangen." Beide fangen an zu lachen und umarmen sich innig. Zu Hause angekommen denkt er über seine Rede nach. „Maria, ich denke, ich werde das weiter machen, ich bin mir aber unsicher, ob die Gemeinde mich auch akzeptiert. Ich möchte keine Unruhe stiften." Sie streichelt sein Gesicht und sagt: „Egal wie du dich entscheidest, ich stehe zu dir."

Ein Jahr später im Gemeinde Haus

Don Michele sucht das Gespräch mit Salvatore und ist auf dem Weg zu ihm, als Maria ihm entgegenkommt und ihm erzählt, dass ihr Mann im Gemeindehaus eine Rede hält. „Maria, es sind gefährliche Zeiten, dein Mann ist in Gefahr. Ich muss mit ihm reden." Maria zögert nicht lange und beide eilen zum Treffen.

Im Gemeindehaus angekommen ... „Ist es die Frage, woher wir stammen, Schuld daran, dass wir die falschen Antworten finden? Ja genau, wir finden die Antworten, besser gesagt, der Mensch bastelt sich die Antworten zusammen. Es ist nicht Gott, der uns straft, es sind die Menschen, die ernten, was sie sähen." Kaum hat er die letzten Worte ausgesprochen, wird es ruhig um ihn herum. Ihm wird schwindelig und fällt zu Boden, Salvatore erleidet einen Anfall. Diese Anfälle sollen ihn in Zukunft bis an sein Lebensende begleiten. Er ist nicht krank, gerade deshalb kann sich niemand erklären, warum oder woher diese Anfälle kommen. Mehr noch, immer dann, wenn ihm das widerfährt, sieht er Dinge. Nun lag er da und niemand zur Stelle, der ihm helfen kann. Denn alle, auch die gerade eingetroffene Maria und Don Michele können ihm nicht helfen. Während er scheinbar leblos auf den Bühnenboden liegt – steht er in einem unendlich großen, hellen Raum. Salvatores Hände sind Blut überströmt: „Ich weiß nicht, wo ich bin", denkt er sich. Genau drei Leichen liegen um ihn herum. Was ist geschehen? Salvatore kommt langsam zu sich.

Maria und Don Michele kümmern sich fürsorglich um den schwachen Mann. Die Menschen im Gemeindehaus wirken erleichtert und gleichzeitig ängstlich angesichts der Umstände. Schließlich gehen die Menschen alle mit viel Gesprächsstoff in der Tasche nach Hause.

Maria würde ihren Mann am liebsten in ein Krankenhaus fahren, doch Don Michele ist entschieden dagegen. So fahren sie in die Berge, dort hat Don Michele ein kleines Domizil, wo er sich hin und wieder zurückzieht. Nach einer zweistündigen Autofahrt kommen die drei am Zielort an. Salvatore wird versorgt und er legt sich total erschöpft ins Bett. Nach drei Tagen Dauerschlaf, wacht Salvatore aus seinen spirituellen und geistig erholten Schlaf wieder auf. „Mein Junge, wie geht es dir?" Fragt Don Michele. „Wie lange war ich weg?" Fragt Salvatore. „Drei Tage!" Antwortet hinsichtlich erleichtert Don Michele. „Wo ist Maria?" „Maria ist kurz einkaufen, sie müsste gleich wieder kommen. Salvatore, was ist auf der Bühne geschehen?" Genau zur gleichen Zeit kommt Maria mit ihren Einkäufen durch die Tür. Salvatore steht auf und sagt: „Gut, jetzt sind wir alle zusammen, setzt euch, ich muss euch was erzählen."

Maria, Don Michele und Salvatore sitzen am Küchentisch. „Mein Sohn, ich muss mit dir reden, es ist ganz wichtig, das hat was mit deinen Eltern zu tun." Salvatore erwidert und sagt: „Don, das muss warten, erst muss ich euch erzählen, was ich gesehen habe, ansonsten werde ich verrückt, diese Gedanken in meinem Kopf müssen raus!"

Maria nickt: „Okay, dann muss das warten, wir hören dir zu."

Salvatore holt tief Luft und erzählt: „Gott hat nicht den Mann erschaffen, sondern die Frau. Die Frau, die die Fähigkeit hat von Anbeginn der Zeit, Leben zu erschaffen. Sich selbst zu reproduzieren wie es auch andere Lebewesen es tun. Die Frau, die bei ihrer Entstehung schon die Voraussetzung hatte leben zu erschaffen, erst dann und auch nur dann war es möglich, dass das männliche Geschlecht entstand. Wenn ich von Frau spreche, dann sprech ich von ihren Fähigkeiten. Denn ist es nicht so, dass in den ersten Wochen der Schwangerschaft, der Mensch weder männlich noch weiblich ist? Sind doch beide fähig den Nektar des Lebens zu geben.

Am Anfang waren und sind wir wie die Engel, nicht gleich aber ähnlich, denn ist der Ursprung nicht der gleiche? Ist der Schöpfungsprozess nicht immer der gleiche? JA ist es, bei jedem Lebewesen! Die Seele ist geschlechtslos. Danach sah ich drei Leichen um mich herum und meine Hände waren blutüberströmt."

Salvatore lehnt sich zurück, die drei sitzen, ohne ein Wort zu sagen, einfach da und starren sich an. Minutenlang redet niemand, draußen hört man Hunde bellen, ein leichter Wind weht, die Äste der Olivenbäume rasseln an die alten Fenster, das in antik restaurierte Haus von Don Michele. Im Hintergrund hört man das Tropfen vom Wasserhahn. Selbst das Schlucken vom sichtlich ängstlichen Priester ist zu hören.

Bis Maria die Stille unterbricht. „Du willst uns doch nicht wirklich erzählen, dass das die Wahrheit sein soll, oder?" Die Frau von Salvatore scheint wütend zu sein über diese Botschaft. „Und die drei Leichen, was bedeutet dies?" Sie fängt an zu weinen, mit der Befürchtung in den Augen zu wissen, was es bedeutet. Dem Priester steht die Angst ebenfalls ins Gesicht geschrieben, er ist kreidebleich. „Salva, oh mein Gott, das musst du für dich behalten, erzähle das niemanden und überhaupt, woher willst du wissen, ob du das richtig deutest, vielleicht hat es auch eine andere Bedeutung. Mach kein Blödsinn mein Junge, ich warne dich." „Nein Don, ich werde es noch keinem erzählen. Das bleibt erstmal unter uns." Alle drei nicken und willigen ein, erst mal drüber zu schweigen.

Don Michele sucht das Gespräch mit Salvatore. „Du weißt doch noch, wie du bei mir warst und mich ausgefragt hast, was mit deinen Eltern geschehen ist. Und die Kiste, von der du erzählt hast, erzähle mir mehr. Jetzt bin ich bereit, jetzt haben wir Zeit." Salvatore erzählt ihm alles bis zu dem Zeitpunkt, als er die Kiste nicht aufbekam. Auch das merkwürdige Verhalten von Frau Milano erzählt Salvatore dem alten Priester. „Jetzt sind Sie dran Don, Sie wissen mehr, als Sie zugeben wollen." Don Michele steht auf und antwortet: „Ja, aber vorher, fahren wir die Kiste holen und Maria kocht." Der wieder erleichterte alte Mann blinzelt mit dem rechten Auge und beide machen sich auf den Weg.

Nach zwei Stunden Fahrt und mittlerweile Abend, kommen die beiden im Dorf an. „Salva, bevor wir zu dir fahren, müssen wir in die Kirche, ich muss dort was Wichtiges holen." „Ja, machen wir, und wenn wir die Kiste bei uns haben, fahren wir direkt wieder zurück, ich möchte nicht hierbleiben." Antwortet Salvatore. An der Kirche angekommen – „Mein Junge du bleibst hier, ich hole eben etwas, was wir brauchen, um die Kiste zu öffnen." Salvatore macht große Augen und kann kaum fassen, was er da hört. „WIE BITTE?" Schreit der ahnungslose. „Sie holen was, um die Kiste zu öffnen? Ich glaube ich spinne, das darf doch nicht wahr sein. "Salvatore tobt, währenddessen hat der alte Priester schon alles erledigt. „Jetzt beruhigt dich wieder, ich erkläre dir alles, wenn wir wieder auf dem Weg zurück sind. Jetzt fahren wir zu dir und holen die Kiste."

Don Michele fährt los und Salvatore kann es immer noch nicht glauben. „Sie wussten es, Sie wissen es, Sie können doch nicht, wie können Sie nur?" Er ist so wütend, dass er keinen Satz zustande bekommt.

Am Hof angekommen, hat er sich mittlerweile wieder halbwegs beruhigt. „Don Michele, ich muss Sie warnen, in meinem Haus passieren merkwürdige Dinge. Ich höre Schritte und sehe Fußspuren, wie sie ja wissen." Warnt Salvatore den Priester. „Ja hast du schon erzählt, vielleicht solltest du weniger Wein trinken." Scherzt der Priester.

Sobald beide an der Türschwelle stehen, verspüren beide einen kalten Luftzug.

Salvatore schließt die Tür auf. Auf Fußspitzen gelangen sie in die Küche des Hauses. „Machen Sie das Licht bitte an Don." Flüstert Salvatore. – „Klick" – und das Licht geht an. Salvatore bleibt die Luft im Halse stecken und wird kreidebleich, wie er die Kiste inmitten auf dem Küchentisch sieht. „Die Kiste war nie hier unten, immer oben im Schlafzimmer meiner Eltern, die ganze Zeit." Der Priester überlegt nicht lange schnappt sich die Kiste, gibt dem armen Salvatore eine kräftige Ohrfeige und sagt: „Komm, jetzt müssen wir los, uns darf keiner sehen und verfolgen. Die Dorfbewohner kennen mein Haus in den Bergen nicht, dort sind wir sicher. Wir können dort drüber sprechen, wie die Kiste Beine bekommen hat." Beide eilen zum Fahrzeug und nehmen mal wieder zwei Stunden Autofahrt auf sich, um in die Berge zu fahren.

Die Kiste

Schließlich schläft Salvatore über die Fahrt ein, vor lauter Aufregung sind ihm nach zehn Minuten Fahrt die Augen zu gefallen. Am Haus angekommen weckt ihm das harte Bremsen des Autos auf. Auf dem Weg zum Haus schwärmt der Priester: „Lecker, man riecht die Tomatensoße bis hier her." Salvatore schüttelt nur mit dem Kopf und sagt: „Sie haben Nerven, dass Sie jetzt noch Hunger haben." Nach einer üppigen Mahlzeit und zwei Flaschen Wein, machen sich die drei Experten, mitten in der Nacht, an die Kiste. Don Michele holt aus seinem Mantel eine kleine Kiste hervor, die genau so aussieht wie die Große. Öffnet sie, holt ein Schlüssel heraus und schließt die große Kiste auf. „Ich glaube es nicht, dass Sie die ganze Zeit den Schlüssel hatten. Seit wann wissen Sie es? Von Anfang an?" „Nein Salvatore, erst seitdem du bei mir warst und mir davon erzählt hast. Maria entleere bitte die Kiste und leg alles auf den Tisch."

Was Maria aus der Kiste heraus holt versetzt sie alle in Staunen. Sie holt Fotos, Symbole wie Kreuze, nicht alle waren christlich. Andere Symbole deuten auf den Götzenkult Baal hin, Zeitungsausschnitte, antike Papyrus und andere antike Schriften. Ein großer Schlüsselbund sowie Zeremoniekleidung und ein Brief.

Don Michele erklärt den beiden, dass er früher selbst zum Orden gehörte. Und seit dem Tod von Salvatores Eltern nicht mehr dazu gehöre.

„Erzähl mir alles Don Michele, ich möchte endlich verstehen, was zum Teufel hier los ist." „Ja, eins nach dem anderem." Versucht der Priester den noch ahnungslosen Mann zu beruhigen. „Erstmal erkläre ich euch den Inhalt dieser Kiste, dann lese ich euch den Brief vor. Vielleicht versteht ihr dann, was ich euch danach erzähle." Maria ist sichtlich geschockt von dem was der Priester erzählt. Salvatore nimmt sich die Fotos. „Schau mal Maria, auf diesem Foto sind unsere Eltern zu sehen." „Ja," ergreift der Priester abermals das Wort: „Eure Eltern waren Mitglieder vom Orden des Lichtes, auf diesem Foto zum Beispiel sind sie zu sehen bei einer Zeremonie, als ein neues Mitglied eingeweiht wird." Zwischen den alten Papyrus Schriften, ist ein Papyrus, das von der „Offizielle Kirche" nicht anerkannt wird. Da der Orden der Schatten es über die Jahrhunderte geschafft hat, es als „falsch" zu klassifizieren. Der umstrittene Papyrus ist das alte Thomas Evangelium. „Das Thomas Evangelium ist gefährlich für den Orden der Schatten und nicht nur für den. Denn nach dem Thomas Evangelium braucht der Mensch keine Kirche als Vermittler zwischen Gott und der Welt. Denn der Mensch steht von Anfang an in direkter Verbindung mit Gott. Und der Prophet Jehoschua erklärte damals schon, wenn ihr Gott erkennt und ihn in euch lasst und ihr in Gott seid, dann seid ihr wie ich, Kinder Gottes."

Und weiter erklärt der immer mehr ermüdende alte Mann: „Nach dieser Schrift, meine Kinder, brauchen wir keine Patriarchen, keine Führer oder gar Priester, denen man die Sünde beichtet." Salvatore nickt und versteht: „Ja, ich verstehe, unsere Eltern und Sie, Don, gehörten zum Orden und habt versucht, aus dem Untergrund heraus, die Wahrheit zu verbreiten, leider erfolglos wie man sieht. Und laut diesem Zeitungsausschnitt mussten schon mehrere Mitglieder sterben." Maria begreift mit Tränen in den Augen: „Also sind die Eltern von Salvatore und mein Papa Opfer dieser Sekte geworden?" Der Priester antwortet erschöpft: „Ja und deine Mama ist die nächste." „Kommt, wir gehen in das Wohnzimmer, Salvatore liest uns den Brief vor. Ich könnte euch natürlich alles erzählen, aber erstens bin ich zu müde und zweitens, war mein Vater ein begnadeter Schreiber."

Der Brief

„Guten Tag, mein Name ist Lorenzo di Simini, Hüter der Wahrheit, Verteidiger des Lichtes und Vorsitzender vom Orden des Lichtes." Präsentiert sich direkt am Anfang ein alter, großer, schlanker Mann. Er trägt lange weiße Haare sowie einen dunkelgrauen langen Bart. Bekleidet mit einem langen Leinengewand sitzt er in einem sehr spartanisch eingerichteten Raum.

Der gepflegt aussehende Mann schreibt, dass die Kirche allein nur und aus einem einzigen Grund gegründet wurde, um die Ankunft des Messias zu verhindern. „Im Laufe der Zeit bildete sich ein Orden, sie nannten sich Orden der Schatten. Ihr Ziel, Machterhalt, Geld, Spaltung, Krieg, Ausnutzung und schließlich Vernichtung der Seele von Mutter Erde. Doch nicht alle teilen diese Ansichten, viele waren für den Erhalt unserer Vielfalt, Schutz der Tiere und Natur und so bildete sich fast parallel zum Orden der Schatten, der Orden des Lichtes. Das ist der einzige Grund, warum bis dato die Welt noch nicht untergegangen ist. Aber meine Schwestern und Brüder, unser Orden wird schwächer, lange Zeit standen wir auf Augenhöhe. Doch wir sind geschwächt. Die Schlange wird stärker, Babylon ist erwacht, am Horizont sieht man die Dunkelheit.

Ich werde die Hoffnung nie aufgeben, wir müssen stark bleiben. Meine Freunde, an ihren Früchten werdet ihr sie erkennen. Der Wolf im Schafspelz wird sich verraten.

Die Verschleierung von Tatsachen, die Verwirrung, die sie verbreitet haben, wie eine Gründung von einer Kirche wo angeblich Gott angebetet wird, doch Gott lebt nicht in Häusern oder Statuen, es ist Baal, der dort haust. Gott hat keine Ländereien oder Besitztümer. Gott zieht keine Grenzen und Gott braucht keine Steuern, denn Geld und Gold sind für Gott nutzlos. Und die Opfer, die die Menschen Gott bringen, sind ihm zu wider. Menschen werden versklavt, indem sie gezwungen werden, ihre Neugeborenen, zu brandmarken. Der größte Missbrauch dieses Instituts, EXPERIMENT MENSCH!

Baal hat sein Babylon neu gegründet, sein Reich, eine Stadt auf sieben Hügeln."

Kaum hat Salvatore die letzten Worte ausgesprochen, besprechen und beraten sie sich die ganze Nacht lang. Sie beraten, wie sie den Orden aus ihrer Region wieder aufbauen können und das am besten in aller Stille und insgeheim. Keine leichte Aufgabe das zu bewerkstelligen, ohne die Blicke der neugierigen Dorfbewohner auf sich zu ziehen.

Schließlich entscheidet man sich fürs Erste, dass Don Michele als ältester und erfahrenster Würdenträger, den Orden leiten soll. In der Zwischenzeit kümmert sich Don Michele um einen Ersatz, denn Salvatore ist noch unerfahren und muss noch viel lernen, Don Michele leider zu alt. Der alte Priester stellt eine Verbindung zu den anderen Orden des Lichtes her, die auf dem ganzen Globus verteilt sind.

Salvatore und Maria heiraten

Nach sieben Tagen der Planung im Privathaus von Don Michele und qualvollen, schlaflosen Nächte, fahren die drei wieder nach Hause. Im Dorf angekommen macht sich der Priester direkt an die Arbeit, um das umzusetzen, was man mit Mühe die letzten sieben Tage beschlossen hatte.

Salvatore und Maria sollen sich erst mal im Hintergrund halten und die Mama von Maria, so gut es geht, beschützen. Damit die arme alte Frau abgelenkt ist und auf andere Gedanken kommt, verkünden die beiden Verliebten die frohe Botschaft, dass sie heiraten wollen. Frau Milano ist außer sich, wie sie das hört. „Gott sei es gedankt und gepriesen." Freut sich die immer werdende zerbrechliche Frau. Und so fingen die Glücklichen mit ihren jungen zwanzig Jahren an zu planen und die frohe Kunde zu verbreiten. Ein herzlich willkommener Nebeneffekt, das ganze Dorf ist abgelenkt und in Feierlaune und niemand bekommt mit, was Don Michele im Hintergrund plant.

„Siehst du sie? Kannst du sie sehen? Die Göttlichkeit, die uns umgibt. Das Universum, die Natur, die Sonne, das Licht. Die Dunkelheit, wie sie den Tag durchbricht. Im Wald begann ich zu spazieren, ich sah die Vollkommenheit der Tiere. Am Fluss spazierte ich entlang. Zugleich genoss ich den Wasserklang. Du, ich. Wir zwei. Nur mit dir bin ich frei Maria, ich liebe dich unendlich."

Salvatore umarmt sie innig und sagt weiter, „Kraftvoll wie ein Löwe, hart wie ein Fels, weich wie der herrlichste Strand. Ich bin dein persönlicher Beistand. Stehe dir bei, bei Tag und bei Nacht, wie ein Engel, der über dich wacht." Maria fängt an zu weinen vor Glück.

Die Hochzeit verläuft traditionell. Das ganze Dorf feiert mit. Zwei Tage und zwei Nächte lang feiern Alt und Jung, bis sie nicht mehr stehen können. Das alte Dorf liegt an der „Küste der Götter", wo zahlreiche Legenden entstanden und mit einer zweitausendjährigen Geschichte, wächst das Dorf neben der legendären Stadt Tropea. Das Dorf mit dem schlichten Namen Pretaria (Schwebender Stein), liegt versteckt und beschützt im Schatten der Berge.

Erklärung – Dorfname: Pretaria = Preta-a-Aria, Preta (stein) a (in) Aria (Luft) – schwebender Stein.

Inmitten des Geschehens gelang es dem Priester einen Ersatz zu finden. Ein junger Priester aus der Schweiz, genauer gesagt, Südtirol. Ein aufstrebender, neugieriger, junger Mann. Der Plan von Don Michele, dem jungen Priester als sein Nachkomme zu verkünden und ihm zum Priesteramt zu küren. Gleichzeitig will Don Michele seinen Rücktritt verkünden und offiziell in Rente gehen. Natürlich alles zum Schein, um im Untergrund weiter den Aufbau des Ordens voranzutreiben.

Die Fußspuren im Mehl

Die beiden frisch Verheirateten ziehen im großen Haus ein, das auf dem großen Hof der Familie liegt. Das Haus bietet genügend Platz für alle. Maria und ihre Mama verkaufen ihr altes eher kleines Haus und lassen diese Vergangenheit hinter sich. Das Haus und der Hof bieten der Mama von Maria genug Platz und Schutz, um sich vor dem Orden der Schatten zu verstecken. Im Laufe der Zeit werden der kleinen glücklichen Familie drei Kinder geschenkt.

Das erste Kind ist ein Mädchen, das den Namen trägt Lucia (die Leuchtende). Zwei Jahre später wird abermals ein Mädchen geboren, sie wird Rosa (die Edelrose) genannt. Schließlich und nach langer Zeit kam 1985 Angelo (Engel) zur Welt. Salvatore und Maria sind inzwischen achtunddreißig Jahre alt. Achtzehn Jahre sind inzwischen vergangen und der Orden ist endlich nach mehreren Niederlagen und mehreren Wechseln der Vorredner gewachsen.

Don Michele ist inzwischen ein alter Greis. Dennoch besitzt er immer noch den Willen und die Stärke sich in Geduld zu waren, bis der Tag kommt, dass Salvatore endlich den Orden und die Welt in Freiheit leitet. Salvatore steht an einem wunderschönen sonnigen Morgen mit einer salzigen Meeresluft in der Nase auf. Gutgelaunt entschließt er sich, Soße zu kochen und ein Brot zu backen. Die Kinder wachen auf und rennen wie jeden Morgen zu ihrem Papa.

Doch an diesen Morgen sind sie so stürmisch, dass der überraschte Vater doch glatt das Säckchen Mehl hin fallenlässt. Im selben Moment läuft der kleine Angelo daher und hinterlässt Fußspuren. Salvatore bekommt sofort ein mulmiges Gefühl im Bauch, ein Schauer läuft ihm den Rücken runter. Er erinnert sich an den Morgen vor achtzehn Jahren, wie er mit einem Kater aufwacht und in die Küche geht und im verstreuten Mehl Kinderfußspuren entdeckt. Die Spuren auf dem Boden zeichnen die gleiche Richtung auf wie damals. Richtung Treppe, die Treppe hoch bis zur Tür des Schlafzimmers. Nur diesmal war es sein Sohn, der diese Spur hinterlässt.

Salvatore geht seinem Jungen hinterher, die Treppe hoch, durch das Schlafzimmer, bis hin zum Kinderzimmer von Angelo. „Angelo, nein das Fenster!" Der kleine Junge sitzt am offenen Fenster, ziemlich knapp an der Kante. „Mein Junge bleib ganz ruhig sitzen." Flüstert Salvatore seinem Sohn zu und streckt seinem Sohn die Hände entgegen, der kleine Mann greift die Hände seines Vaters. Salvatore hilft seinem Sohn von der schmalen Fensterkante runter. „Angelo, mein Gott, hast du mir einen Schrecken eingejagt, das ist gefährlich kleiner Mann, du hättest rausfallen können." Erklärt er seinem Sohn, bevor Salvatore sich reinsteigern kann, kommt Maria herein. „Mein Schatz, was hält Angelo in seinen Händen?" Fragt Maria entsetzt? Es ist der Schlüsselbund.

Salva kann es kaum glauben, wie er das sieht. Waren die Schlüssel doch weg und in Vergessenheit geraten. Sie befanden sich in der Kiste, am Tag vor vielen Jahren im Haus von Don Michele. Salvatore nimmt den Schlüsselbund an sich und geht umgehend zu Don Michele. Im Dorf sind unruhige Zeiten, viele neue Menschen sind nach Pretaria gezogen und das Dorf ist um das doppelte gewachsen. Viele Menschen kennt man schon gar nicht mehr persönlich. Die Tage und Wochen fliegen und der aufgeregte Mann mit den Schlüsseln in der Hand denkt sich: „Ich habe Don Michele jetzt seit Wochen nicht gesehen und nicht gesprochen. Hoffentlich ist er im neuen Gebetshaus."

Vor sechs Monaten wurde nämlich ein neues Gebetshaus zu Ehren des Ordens gebaut. Trotz der Probleme und Unruhen, wollte man alles versuchen, die Mitglieder milde zu stimmen. Ganz zum Missfallen von Salvatore, er hielt nichts davon, extra ein Haus zu bauen. In seinen Augen ein Widerspruch zu den Prinzipien des Ordens. Dies wiederum verärgerte andere Mitglieder. Der Orden der Schatten hatte ganze Arbeit geleistet und es geschafft, einige Mitglieder gegen Salvatore aufzubringen. Auf dem Weg zum Gebetshaus traf Salvatore einen übel zugerichteten Mann auf der Straße. Oberkörper frei saß der unbekannte Mann auf der Bordsteinkante. Salvatore hat Mitleid mit den Mann und kann es nicht fassen, was ihm widerfahren ist. Er zieht sein Hemd aus und gibt es dem armen verwirrten Mann.

Er greift ihm unten den Armen und bringt ihn zur Notstation ins Krankenhaus. Immer noch aufgeregt, mit dem Bild seines Sohnes am Fenster im Kopf, den geheimnisvollen Schlüsselbund in der Hand, läuft Salvatore weiter zum Gebetshaus. Nichtsahnend und mit seinen Gedanken überall, aber kein Gedanke, dass er geradewegs oberkörperfrei Richtung Gebetshaus geht.

Am Gebetshaus

Wutentbrannt reißt Salvatore die Tür des vor kurzem eingeweihten Hauses auf. Das Gebetshaus ist gut besucht und es fällt erst niemanden auf, dass Salvatore wie ein Wilder das Haus betreten hat. Doch nach ein paar Minuten: „Ach ne, wer gibt sich hier die Ehre ..." spottet der Erste. Und der Zweite folgt zugleich: „Du bist ja mutig, halbnackt hier aufzukreuzen." Und schon geht der Tumult los. Im Gebetshaus wird es lauter und ungemütlicher. Salvatore scheint leicht überfordert mit der Situation, Sucht verzweifelt mit seinen Augen nach Don Michele. Plötzlich wie aus dem Nichts: „Schweigt ihr Heuchler." Es steht der Mann hinter Salvatore, den er zuvor geholfen hatte. „Sie haben sich aber schnell erholt." Wundert sich Salvatore. „Ihr seit ja ein Haufen." Schreit der Mann, der noch einen Verband am Kopf trägt, der immer noch leicht blutig ist. „Mein Name ist Don Philippe, ein Freund von Don Michele." Im Raum wird es ruhiger. „Auf seine Bitte hin habe ich zugesagt, hier herzukommen. Und ich kam mit Vorfreude. Doch nun bin ich mir nicht mehr sicher. Werden alle Neuankömmlinge so begrüßt?" Der neue Vorbeter des Ordens ist kaum angekommen und würde am liebsten direkt wieder gehen. Doch Don Michele erscheint zur Freude Salvatores. „Friede sei mit euch." Begrüßt Don Michele, der so alt ist, dass er kaum gehen kann. Er schickt alle nach Hause bis auf den erleichterten Salvatore und den immer noch aufgebrachten Don Philippe.

Don Philippe entschuldigt sich und geht auf sein Zimmer, das sich ebenfalls im neuen Gebäude befindet. Salvatore nutzt die Gelegenheit, um endlich mit Don Michele zu reden. „Salvatore, warum bist du nackt?" Fragt der alte Mann verdutzt. „Mein Junge, du wirst doch nicht verrückt? Ich brauche dich noch." Der Priester lacht und erlaubt sich ein Scherzchen, worüber Salvatore gar nicht lachen kann. „Don Michele, ich bin doch nicht nackt, nur halbnackt." Don Michele verdreht die Augen und gibt dem erröteten Mann ein T-Shirt.

„Don Michele, auf dem Weg hier her ..." Salvatore erzählt dem Priester die ganze Geschichte mit Don Philippe. „Ich glaube, Don Philippe bleibt nicht lange bei uns." Stellt er schließlich für sich fest. „Salva, warum willst du das nicht übernehmen? Die ganzen Jahre und so viele Vorbeter, die wir hatten." „Don, wenn ich das übernehme, du weißt besser als alle anderen, dass die wenigsten meine Ansichten teilen. Seit meiner letzten Rede vor achtzehn Jahren und den damit verbundenen Anfall habe ich mich nicht mehr getraut. Ich habe Familie." „Nun gut, ich werde es wohl weiterhin respektieren müssen." Erkennt der Priester und lässt davon ab Salvatore zu überreden. Don Michele bemerkt den Schlüsselbund und spricht Salvatore darauf an. „Woher hast du die Schlüssel, das sind doch die Schlüssel aus der Kiste. Mein Gott Salvatore die Suche ich schon seit ..." Salvatore unterbricht den aufgebrachten Mann: „Seit genau Achtzehn Jahren." „Ja seit genau Achtzehn Jahren."

Hält endlich der Priester erleichtert die Schlüssel in seinen Händen. „Don Michele, wofür sind die Schlüssel?" Der Priester antwortet nicht, er zeigt nur mit dem rechten Zeigefinger auf die Ausgangstür des Gebetshauses. Salvatore hat sofort verstanden und beide verlassen das neue Gemeindehaus. Ohne ein Wort zu sagen, folgt Salvatore dem Priester zur alten Kirche. Dort angekommen sagt der Priester: „Salva, gehe du hinter die Kirche und warte dort auf mich. Ich gehe rein, und lass dich dann von der Hintertür rein." Nach gefühlten fünfzehn Minuten, der alte Mann ist gewiss nicht mehr der schnellste, schließt Don Michele die Hintertür der Kirche auf. Don Michele lässt Salvatore in einen Teil der Kirche rein, die nur der Priester kennt. „Wow Don, wo sind wir denn hier?"

Beide stehen vor einer alten Steintreppe, die in den Kellerbereich der Kirche führt. Nur mit Kerzen beleuchtet und beide mit Taschenlampe bewaffnet, steigen die beiden ab in den Kellerbereich der alten Kirche. Don Michele führt Salvatore zu einer alten Holztür. Dort steht geschrieben – ORDO LUX –, Orden des Lichtes. „Don Michele, was ist hinter dieser Tür?" „Nun mein Junge, ich weiß es nicht, wir überlegen schon lange, schon sehr lange, was hinter dieser Tür sich befinden könnte. Die Kiste, die du im Schlafzimmer deiner Eltern gefunden hast, selbst die, wissen wir nicht, woher sie kommt. Sie war leer, als wir sie fanden und so sammelte sich mit der Zeit die Dinge an, die wir in der Kiste gefunden haben. Auch diesen Schlüssel.

Niemand weiß, wer ihn in die Kiste gepackt hat." Salvatore unterbricht den Priester. „Don, wer sind wir?" „Wir, sind deine Eltern und meine Wenigkeit. Wir haben damals, als ich noch ein junger Mann war, die Tür hier unten gefunden. Lange Zeit haben wir versucht, die Tür zu öffnen, ohne Erfolg.

Und jetzt halte ich die Schlüssel in meinen Händen." Salvatore wundert sich, „Aber ich verstehe nicht, warum steht der Name des Ordens an der Tür?" „Den Namen haben wir dran geschrieben, um uns zu schützen oder eventuell das, was hinter der Tür ist." Don Michele erklärt Salvatore: „Wir haben diesen Bereich der Kirche vor vielen Jahren entdeckt. Bis wir zu jener Tür kamen. Wie schon gesagt, als wir nicht nach vorn kamen, haben wir den Namen des Ordens mit einem Schutzspruch belegt." Der Priester und Salvatore stehen in dem Raum und schauen sich um, der Raum ist ca. zwanzig bis fünfundzwanzig Quadratmeter groß. Es steht ein Tisch, ein Stuhl, ein offener Bücherschrank und mehrere große Kerzen verteilt im ganzen Raum. „Moment mal," sagt Don Michele. „Das ist der Raum von meinem Vater." Wundert sich der alte Priester. „Don Michele, wie kann das sein, ich mein, Sie hätten davon wissen müssen." „Ja, ich bin ein bisschen verwirrt, da ich doch als kleiner Junge oft hier war." Wundert sich weiterhin der Priester. Wie kann das sein, das Don Michele seit einer halben Ewigkeit, in der Kirche predigt und nicht wusste, dass der Raum von Lorenzo di Simini, wo er wirkte, sich im gleichen Gebäude befindet.

Salvatore fällt ein Teppich auf, er schiebt den alten staubigen Fußabtreter zur Seite und findet eine Falltür, die in den Fußboden integriert ist. Als Don Michele die Falltür öffnet, fällt ihm ein Groschen, denn jetzt erinnert er sich, wie sein Vater, eine Tür über seinen Kopf öffnete, der kleine Don Michele empfand das damals magisch, eine Tür, die anders geöffnet wird, als alle andere Türen die er kannte. Die beiden gehen die kleine schmale Treppe herunter und stehen vor der nächsten Tür. Jetzt weiß Don Michele was hinter dieser Tür ist. „Hinter dieser Tür, mein Junge, befindet sich ein Tunnel, dieser würde uns, wenn wir weiter gehen, zum Haus meiner verstorbenen Eltern führen." Nachdem dieses Geheimnis gelüftet ist und Don Michele sich wieder erinnern kann, gehen sie zurück in den Raum. „Salva, schau mal hier, dies sind die Briefe des Giuliano." Salvatore betrachtet zum ersten Mal die Briefe in seinen Händen, seine Mutter erzählte ihm als kleiner Junge davon. Die Geschichten von Giuliano und der Widerstand wurden zu Legenden und von Legenden wurden sie zu Mythen und schließlich gerieten sie fast in Vergessenheit. „Wer weiß wie lange ich noch lebe, ich trachte so lange nach diesem Raum und dessen Inhalt, dass ich schon dachte, ich finde es nie. Ich bitte dich nur noch um ein Gefallen, nimm sie zu eigen, wenn ich nicht mehr unter euch weile, kann ich für nichts mehr garantieren. Wer weiß schon, vielleicht reißen sie die Kirche eines Tages ab. Und dann ist alles futsch."

Salvatore willigt ein und nimmt die Briefe zu sich. Nicht nur die Briefe wechseln den Besitzer, auch das alte Thomas Evangelium und eine der ältesten Bibel der Welt. Wer hätte an diesem Tag gedacht, dass genau diese Schriften, den ahnungslosen Mann in Gefahr bringen würden.

Azrael

Nach diesem aufregenden Tag gehen beide
erschöpft nach Hause. Salvatore fragt den alten
Priester, ob er ihn nach Hause begleiten soll, doch
Don Michele verneint höflich und geht seiner
Wege. Salvatore geht nach Hause zu seiner
Familie. Nach zehn Minuten wandern in der
Dunkelheit, versinkt der alte Priester in
Gedanken. „Mein Gott, wie lange diene ich dir
jetzt, fünfzig oder sechzig Jahre? Mit besten
Gewissen habe ich dein Wort verbreitet, mit
Liebe, ohne Zwang. Denn du Barmherziger sagst,
in deiner Religion gibt es keinen Zwang! Genau
nach dieser Richtlinie habe ich gepredigt, gelebt
und geliebt. Doch die Wahrheit durfte ich nie
erfahren. Im Dunkeln hast du mich gelassen und
in Dunkelheit werde ich fortgehen. Mit dem
Wissen und der Liebe in meiner Brust, nach all
der Dunkelheit zu dir zu dürfen. Ich bin bereit
mein Herr. Ich brenne vor Freude."
Don Michele geht, ohne sich einmal
umzudrehen, ohne eine Pause zu machen. Mit
seinen von Gott gegebenen Füßen geht Don
Michele den ganzen Weg bis in die Berge. Eine
ganze Nacht und einen ganzen Tag geht der alte
Mann bis er an seinem Ziel ankommt. Don
Michele weiß, dass seine Zeit gekommen ist. Nach
dem langen Fußweg wäscht sich der alte Mann.
Nach seinem Waschritual zieht Don Michele die
traditionelle Tracht der Familie an. Kämmt sich
die Haare und seinen Bart und legt sich ins Bett.
Lange bleibt Don Michele ruhig im Bett liegen.

Um Punkt drei Uhr nachts bleiben alle Uhren stehen. Die Lichter gehen aus bis auf eine Kerze. Don Michele spürt, dass die irdische Zeit sich zum Ende neigt.

„Hier bin ich Azrael. Ich bin bereit." Ein Schatten legt sich auf sein Haupt, er nimmt einmal tief Luft und die Seele verlässt den alten zerbrechlichen Körper von Don Michele. Don Michele verlässt friedlich und mit einem leichten Grinsen die Erde. Der Erzengel Azrael geschickt von aller Höchsten, holt sich nicht nur die Seele des Priesters. Die Nacht ist noch jung und sein Auftrag noch nicht ganz vollzogen. So fliegt Azrael die Berge hinab hin zum Dorf, wo die Bewohner von Pretaria noch friedlich schlafen. Unbemerkt schwebt der Engel durch die Gassen und hinterlässt einen Schweif aus Eis. Gegen die Meinung aller ist er nicht böse und schon gar nicht im Dienste der Schlange. Gewiss ist ihm der Schmerz der Menschen bewusst. Doch ist seine einzige Aufgabe die Seelen dorthin zurückzuführen, wo sie eins herkamen. Alle ausnahmslos! So geschehen in dieser Nacht, zwei Seelen gehen auf reisen, Don Michele war der Erste. Azrael ist am Haus von Salvatore angekommen. Die Tiere am Hof werden unruhig, Kälte macht sich breit. Frau Milano ist bereit. Wie Don Michele, ahnte sie schon die Ankunft des Todesengels. Die Angst, die sie eins quälte, endet in dieser Nacht.

„Hier bin ich, ich bin bereit." Ein Schatten legt sich wie eine Wolldecke über Frau Milano.

Sie holt einmal tief Luft und die Seele verlässt den alten zerbrechlichen Körper. Frau Milano verlässt friedlich die Erde. Die Trauer ist unerträglich für Maria, wie sie am Morgen ihre Mama leblos im Bett findet.

Es vergeht eine weile, bis die Nachricht vom Tod des lieben Priesters Salvatore erreicht. Um desto schmerzhafter der Verlust seines Mentors. Gewiss ist ihm bewusst, mit welcher Gelassenheit der gläubige Mann gen Himmel gestiegen ist. Doch sitzt der Verlust seines großartigen Wissens tief.

Die Schlange

Die Schlange, eine Brut aus den tiefsten Schluchten der Erde. Niemand vermag zu sagen, wie alt sie ist. Man weiß nur, dass es das einzige Wesen sein soll, das nicht der Allerhöchste erschaffen hat. In einer Zeit als die Erde noch aus Feuer bestand, kollidierte ein anderer Planet aus einer entfernter Galaxie, manche sagen sogar aus einem anderen Universum, gegen die junge Mutter Erde. Der Planet trug Leben in sich. Wie ein Parasit nistete sich das fremde Lebewesen in Mutter Erde. Je mehr Zeit verging, desto größer und giftiger wurde die siebenköpfige Schlange.

Sie schickte ihre Lakaien in die Welt hinaus. Bis in die kleinsten Winkel jedes Dorfes, so auch in Pretaria. Neid und Habgier nisten sich ein. Der Fürst der Schatten vollzog sein Plan. Tagsüber werden die Menschen vom Licht beschützt, aber so bald es dunkel wird, schwebt der dunkle Schatten der Schlange durch die Gassen. Mit ihrer zwiespältigen Zunge vergiftet sie die Träume der Menschen. Der Orden der Schatten fasst immer mehr Fuß im kleinen Dorf. Die Kirche von Don Michele, die er immer sehr schlicht gehalten hatte, wird nun pompös geschmückt. Ablenkung ist die Strategie der Schlange, Verblendung einer ihrer Waffen. Der Orden des Lichtes schwindet allmählich und verliert stets an Bedeutung. All die Mühe vom alten Priester und Salvatore vergebens.

Die Kriminalität steigt, jeden Tag. Salvatore muss mit ansehen, wie die Jugend mit Drogen vergiftet wird. Frauen verkaufen ihren Körper, Männer verlieren ihre Ehre! Die Nachrichten von Raub und Mord nehmen kein Ende. Das Heulen der Sirenen schon Normalität. „Sssalvatore ist das Ziel, bricht seinen Willen und Pretaria wird fallen." Verspricht die Schlange den sieben Männer. Die Entscheidung fiel gewiss nicht willkürlich, die Schlange weiß, welchen Einfluss Salvatore noch hat. In seinen Besitz er doch hat, das mächtige Buch und die frohe Botschaft.

Salvatore schläft im Bett und träumt. Die Angst, du spürst sie im Rücken, nachts steht sie vor der Tür und klopft. Sie lauert an jeder Ecke, man vernimmt Stimmen im Kopf. Serpentinen verwandeln sich in Riesenschlangen. Die Bäume, sie heulen, ihre Äste, versuchen dich zu fangen. Wartet, hört ihr die Stimmen? Horcht ... das Schreien und Kreischen der Menschen. Sie schallen aus dem Tal des Grauen. Lauscht, wie der Flüsterer sie quält. Sie wollen fliehen aus der Verdammnis. Der Zerfall der Zivilisationen hat begonnen, warum? Der Honig ist verdorben, und die Bienen sterben. Die Bauern können ihre Äcker nicht mehr beackern. Alles, was wir kennen, wird brennen. Sieben Reiter werden es sein.

„Blei ... Heuschrecken ... Ich konnte sie sehen ..." spricht Salvatore im Schlaf, seine Frau weckt ihn besorgt: „Mein Schatz, wach auf, du sprichst im Schlaf und du schwitzt stark."

Der leicht verwirrte Mann kommt langsam zu sich. „Maria, ich verstehe nicht, was ist hier los?" Er nimmt seine Frau in den Arm und beruhigt sich wieder. „Ich träume jede Nacht dasselbe und doch erinner ich mich nur an Bruchstücke." „Erzähle mir von den Bruchstücken, sie ergeben oft ein Sinn." Weiß Maria und fordert ihren Mann auf sich zu konzentrieren: „Ich sehe sieben Pferde, schwarz wie die Nacht, ihnen vorausfliegen Tausende von Heuschrecken. Ständig habe ich das Gefühl verfolgt zu werden. Hinter jeder Ecke vermute ich einen Hinterhalt. Die Luft schmeckt nach Blei und der Wind spricht wirres Zeug. Doch am Horizont erkenne ich Licht, denn nachdem die Heuschrecken, die schwarzen angsteinflößenden Pferde und der Wind vorbeiziehen, sehe ich sieben Frauen mit sieben Kinder. Alle tragen Lorbeerblätter. Beschützt von drei mächtigen Löwen. Zum Schluss stehe ich vor einem Berg, plötzlich sehe ich mich, wie ich mich in Angelo verwandle." Maria nimmt die Hände ihres Mannes, hält sie ganz fest und schließt ihre Augen. „Unheil kommt über uns, nicht nur über unsere Familie. Viele Menschen werden sterben doch der Tod wird sie nicht holen. Glücklich schätzen kann sich der, wer den Todesengel sieht. Wer ihn nicht erblicken kann, für jene werde ich beten. Doch wie schon so oft in der Vergangenheit geschehen, wird es ein Kind sein, der sich nennen wird, Kind der Freiheit."

Sie öffnet wieder ihre Augen und sagt unter Tränen weiter: „Aber du mein Schatz, du wirst dem Tod begegnen und der Tod dich lange begleiten, bis er dich schließlich von sich stößt, damit du zu ihm gelangen kannst." Salvatore ist verwirrter als vorher, hakt aber nicht weiter nach. Angst überkommt ihm. „Mein Herz und was bedeutet, dass ich mich in Angelo verwandle?" „Angelo ist das Licht, er wird die Ketten sprengen, Angelo wird dein Vermächtnis weiter führen und die Wahrheit im Herzen tragen." Salvatore holt tief Luft. Er weiß nicht, wie er mit dieser Situation umgehen soll. Er steht auf, geht ein paar Schritte durch das Haus, schließt seine Augen und nimmt die Stimmen seiner Kinder wahr, die im Garten hinter Schmetterlingen laufen. „Papa, Papa schau wie viele Schmetterlinge wir doch in unserem Garten haben." Salvatore schaut ihnen zu, wie sie mit ihren nackten Füßen über die Wiese laufen, sich über Schmetterlinge freuen. Wie der Wind sie sanft umarmt, das Licht sie schützt. Salvatore ahnt Böses.

Der Überfall

Sieben Männer sollen es sein, die das Unheil über Salvatore bringen. Getrieben von der zwiespältigen Zunge der Schlange, planen sie den hinterhältigen Überfall auf Salvatore. In der dunkelsten Gasse des Dorfes steht ein Gebäude, wo die finstersten Gestalten sich treffen.

Die Kneipe heißt „Al Diavolo" was bedeutet „Zum Teufel". Leicht bekleidete Frauen begrüßen die Gäste an der Tür. Links steht ein Tresen ohne Barhocker, ein Billardtisch in der Mitte und rechts der dubiosen Kneipe stehen runde Tische mit jeweils vier Holzstühlen. Hinten im Raum erkennt man eine Treppe, die in die zweite Etage führt. In der Luft liegt ein Gemisch von Urin, Alkohol und Zigarettengeruch. Stechen in den Augen, das Atmen wirkt schwer. Sieben Gestalten, mit seelenlosen Augen, sitzen am Tisch und planen das Unheimliche. Die Nachkommen des Salvatore sollen sterben. Die Weiblichen und ganz besonders der kleine männliche Nachkomme, Angelo! Treue haben sie ihr geschworen und so soll es geschehen.

Gewiss hat sich die Schlange nicht irgendwelche Menschen ausgesucht. Die sieben ahnungslosen Männer, die von der Schlange vergiftet worden sind, sind allesamt alte Freunde von Salvatore, sogar ein Verwandter von Maria ist darunter. Mit dem Vorwand, Spenden zu sammeln für den Orden, klopfen sie an die Haustür von Salvatore.

„Buona Sera Salvatore, wir sammeln Spenden für den Orden. Dürfen wir hereinkommen? Wir würden dir gern unser Vorhaben erklären." „Buona Sera, oh gleich zu siebt seid ihr gekommen, so viel Geld hab ich gar nicht daheim." Scherzt Salvatore und lässt die Männer in seine Wohnung. „Setzt euch bitte." Die sieben Männer und der ahnungslose Hausherr setzen sich ins Wohnzimmer. Maria bereitet Kaffee vor. Währenddessen kehren die Kinder heim, die zuvor im Dorf einkaufen waren. „Guten Abend zusammen." Begrüßt Lucia die älteste Tochter die Gäste. „Guten Abend, deine Tochter ist aber ganz schön erwachsen geworden." Liebäugelt einer der Männer mit Lucia. Kaum hat der Mann den Satz zu Ende gesprochen, betritt Maria mit dem frisch gekochten Kaffee den Raum. Maria gefällt nicht wie der Mann mit ihrer Tochter spricht und gibt zu verstehen, dass es unhöflich sei ein junges Mädchen so zu betrachten. Während sie den Gästen Kaffee eingießt, bemerkt sie bei einem der Männer, eine Pistole versteckt unter der Jacke. Salvatore bemerkt, dass seine Frau nicht glücklich über die Situation ist und fordert sie auf zugehen. „Meine Freunde, ich würde vorschlagen, dass wir das Gespräch verschieben. Es ist spät und die Kinder müssen gleich ins Bett." „Natürlich, wir werden das am besten im Gemeindehaus besprechen, wir wollen niemanden stören." Allesamt stehen auf und gehen Richtung Ausgang. „Aber Salvatore", bleibt einer der Männer stehen und richtet sich gegen Maria: „Deine Frau und Töchter sind wirklich sehr schöne Frauen."

Er hebt die Hand und streicht Maria über ihr Gesicht. Die Situation ändert sich schlagartig, vier von den sieben Männer stürzen sich ohne Vorwarnung auf Salvatore, seine Frau und Kinder geraten in Panik. Die restlichen drei Männer schnappen sich Maria, Lucia und Rosa. Angelo schafft es, sich in einem alten Wandschrank zu verstecken. Die vier Männer prügeln ohne Gewissen auf den schutzlosen Mann ein. Seine Frau und die beiden Töchter müssen mit ansehen, wie Salvatore blutüberströmt, an einen Stuhl gefesselt wird. „Wo ist jetzt dein Gott?" Schreit einer der Männer. Und schlägt hemmungslos weiter auf Salvatore ein. „Mein Gott gibt mir die Kraft das zu tun, was ich grad tue. Und ich habe richtig Spaß dabei." Spottet der Wicht. „Und mein Gott wartet geduldig auf dich. Bis an dem Tag, wie Azrael sich dir zeigt." Entgegnet ihm Salvatore.

Das Unheil nimmt seinen Lauf. Die Männer nutzen ihre Macht in vollen Zügen aus. Seine Frau und die unschuldigen Mädchen werden gefoltert und vergewaltigt, bis der letzte Lebenshauch schwindet. Die verzweifelten Schreie des armen Mannes hört man Kilometer weit. Der Mond verdunkelt sich, alle Tiere im Dorf werden unruhig, der Hund, der bellt, Pferde, die ausreißen, die Kanarienvögel in den Käfigen rupfen sich vor Wahnsinn die Federn. Nach Stunden der Folter macht sich Stille breit. Man hört nur noch das leise kleine Atmen von Angelo, der alles mit ansehen musste. Salvatore sitzt gefesselt auf einem Stuhl.

Die Augen geschwollen von den Schlägen. Der arme Mann musste alles mit ansehen. Starr, mit leeren Blick betrachtet er die Leichen auf dem Boden. Angelo krabbelt aus dem Wandschrank heraus. Der kleine Körper des Jungen zittert. „Papa, Papa du lebst noch." Erkennt weinend der kleine Angelo. Er hilft seinem Vater sich aus den Fesseln zu befreien. Mit seinen kleinen Händen schafft er gerade eben, die Fesseln zu lösen. Salvatore rutscht vom Stuhl und fällt zu Boden. Der kleine Junge legt sich neben seinen Vater und beide fangen an zu weinen. Salvatore nimmt seinen Sohn in den Arm und bringt ihn erst mal aus dem Haus. Salvatore kann nicht verstehen, was geschehen ist. Das ergibt einfach keinen Sinn. Alles Menschen, die er seit Jahren kennt. Er ruft die Polizei an, es dauert nicht lange bis sie eintrifft, fast ein Wunder in dieser Gegend. Das Bild, das die Polizei zu Gesicht bekommt, ist grauenhaft. Die Leichen liegen nackt auf dem kalten Boden. Die Wohnung verwüstet, überall liegt Blut. Das Blut in den Adern der Polizisten gefriert, wie sie eine blutverschmierte Schrift erkennen. Geschrieben steht – „WO IST DEIN GOTT?" Salvatore versucht der Polizei so gut, wie er kann, die Täter zu beschreiben. Der kleine Angelo wird inzwischen von Sanitätern betreut. Es dauert nicht lange und die sieben Täter werden gefasst. Sie wurden dabei erwischt, wie sie mit ihren Gräueltaten prahlten.

Zehn Jahre später

Der kleine Angelo, inzwischen fünfzehn Jahre alt, ist ein schüchterner junger Mann geworden. Den Horror, den er mit erleben musste, hat er so gut, wie man solche Ereignisse nur verarbeiten kann, überstanden. Dennoch plagen ihn Bilder im Kopf. Sein Gewissen frisst ihn von innen heraus. Sein Gedanke, er hätte ja wenigstens die Polizei rufen können vor zehn Jahren. Vielleicht würden seine Mama und seine Geschwister heute noch leben. Dieses Gefühl soll Angelo noch lange in sich tragen. Sein Vater Salvatore, inzwischen Dreiundfünfzig Jahre alt, ist sehr stark gealtert. Gebrochen und mit leerem Blick sitzt er oft auf seiner Terrasse und beobachtet die Hühner. Er spricht kaum, immer noch fragt er sich, wie das möglich sein kann. Wie Menschen anderen Menschen so was antun können. Ihn plagen die Gedanken und die Träume, die er hat. Jede Nacht besucht ihn die siebenköpfige Schlange in seinen Träumen. In den Mäulern der Schlange die sieben Köpfe der Täter. Schlafen will er nicht, essen mag er nicht und trinken erst recht nicht … am liebsten würde er sterben. Ungeduldig wartet Salvatore auf den Todesengel, doch erblicken kann er ihn noch nicht. Angelo macht sich zunehmend Sorgen um seinen alten Vater. Stets hört er in sagen: „Warum bestrafst du mich, warum nur?" Die Beschwerden und die Klagerufe seines Vaters machen Angelo traurig. Die Tage sind mühselig, jeder Gang ist schwer, jede Berührung eine Qual. Ihm fehlt seine Frau.

Kraftvoll wie ein Löwe, hart wie ein Fels, weich wie der herrlichste Strand. Ich bin dein persönlicher Beistand. Stehe dir bei, bei Tag und bei Nacht, wie ein Engel, der über dich wacht. Mit diesen Worten verabschiedet sich Salvatore von Angelo. Salvatore weiß, dass sein Sohn versteht, was die Worte zu bedeuten haben. Angelo war noch ein Kind, sie saßen abends draußen auf der Terrasse. Sein Vater erklärte ihm stets: „Wenn ich eines Tages nicht mehr unter uns weile, dann sitze ich auf dem hellsten Stern, den du siehst im Nachthimmel. Dort oben werd ich sitzen, kraftvoll wie ein Löwe, hart wie ein Fels, weich wie der herrlichste Strand. Ich bin dein persönlicher Beistand. Stehe dir bei, bei Tag und bei Nacht, wie ein Engel, der über dich wacht."

Angelo lachte immer wenn sein Vater dieses Gedicht vortrug. Salvatore schreibt die letzten Worte. Er zieht seinen besten Anzug an. Den, den er auf seiner Hochzeit trug. Bereitet einen Strick vor, stellt sich auf einen Stuhl, legt sich die Schlinge um und ... Er hat es nicht geschafft. Trotz seines Wissen, trotz seines Glauben begeht er Selbstmord. Der Verlust seiner Frau und seiner beiden Töchter ist zu groß. Er verliert den Kampf, der Vorhang ist gefallen. Angelo kehrt von der Schule zurück. Schon auf dem Weg nach Hause plagt ihn ein mulmiges Gefühl. Er betritt das Haus und findet sofort den Brief. Er setzt sich hin und öffnet ihn. Er bricht sofort in Tränen aus, wie er die Worte seines Vaters liest.

Angelo holt tief Luft, er steht auf und geht Richtung Treppe. Mit zitternden Knien geht Angelo die Treppe hoch. Angelo öffnet die Schlafzimmertür und schließt die Augen. Mit geschlossenen Augen fängt er an zu weinen. Er ahnt schon, was er sieht, wenn er sie öffnet. Er traut sich nicht, minutenlang steht Angelo im Raum. Schließlich traut er sich, er sieht, wie sein Vater am Strick hängt. Mit Tränen in den Augen nähert er sich der Leiche. Der Fünfzehnjährige nimmt seine ganze Kraft und Mut und bindet seinen Vater vom Strick. Angelo lässt die Leiche seines Vaters auf das Bett fallen. Er kniet sich nieder und betet. Nach dem Gebet und unzähligen Tränen, entscheidet sich Angelo den Krankenwagen anzurufen. Ab diesen Tag wird der junge Mann nicht mehr der Gleiche sein.

Der Orden der Schatten

Die Zeit vergeht und das Böse von Neuem entsteht. Ein Kind wurde vom Orden des Lichtes zum Beschützer der Schriften und des Sohnes von Salvatore heranerzogen. Von Geburt an zum Krieger gedrillt, zum Überleben trainiert. Mit vierzehn Jahren, im zweiten Zyklus seines Lebens, wird er in die Wüste geschickt. Mit einer Handvoll Brot und einer Flasche Wasser, soll er die (inneren) bösen Geister bezwingen. Die Sonne brennt auf seiner Haut, der heiße Wind, der durch die Sanddünen weht, trägt Stimmen mit sich. Dämonen die unter den Sand kriechen wie Schlangen. Das Kind steht plötzlich vor einem Berg und sein Atem blieb ihm stehen, als er bemerkte, dass die Erde unter seinen Füßen bebte. Doch als sich die Erde dann in Windeseile wieder beruhigte und sich wie aus dem nichts ein Mann sich zeigte, fragte er ihn seelenruhig, warum er Angst bekäme? Das Kind antwortete: „Mein Herr, ich sah das Ende vor meinen Augen." Der unbekannte Mann lächelte und sagte: „Du Kleingläubiger, der Boden auf dem du stehst, der lebt. Der Schamane verschwindet genau so schnell, wie er kam. Das Kind staunt, wie alles sich verwandelt. Plötzlich steht er am anderen Ende der Wüste, dort stand er nun, mit geballten Händen, Wut, Trauer und Glück. Verbrannte Erde, kauernd, winselnd liegt er nun da, bettelnd um einen Schluck Wasser. Der Mensch, die Bestie von Babylon.

Verbrannte Erde, die Menschen laufen wie auf Dornen und sie schlafen wie auf Nägel. Seht den Engel des Todes, fliegt schon länger über unsere Köpfe.

Das Kind der Wüste, der Geheimgehaltene, der zum Krieger Geborene, durchquert die Wüste und lässt die Kreaturen hinter sich. Nach bestandener Prüfung kehrt der erschöpfte Kämpfer nach Pretaria zurück. Er hört den alten Schamanen zu: „Der Untergang naht, für diejenigen die richten, Groll werden sie ernten, wegen ihrer Überheblichkeit. Und der Zorn Gottes wird sich gegen die richten, die sagen sie Kämpfen in seinem Namen. Ekel, Abscheu empfinde ich bei den Gräueltaten."

Zur gleichen Zeit in der Kirche der Sekte.

„Sag allen Menschen, die du siehst, sie müssen der Stimme folgen, der Stimme, die sich formt wie ein Bogen, Wörter schießen wie Pfeile, landen wie Gift in ihren Herzen." Ordnet der oberste Sektenführer an. Seht die Schlange, wie sie kriecht und zischt, die Ahnen mit deren falschen Gesicht, verurteilt vom höchsten Gericht. Nach der Verurteilung kommt es zu Tummelten: „Hört, hört …" Eine Stimme, ein Husten, alles ist still.

Der Richter spricht, dessen Urteil hat Gewicht: „Ich bin, Leben sowie Tod, Feuer wie Wasser, ich bin Leid, ich bin Glück. Ihr aber seid weder Engel noch Mensch, weder Teufel noch Tier, ihr seid, NICHTS!" Kaum sprach der Richter die letzten Worte, sterben die Ahnen tausend Tode. Die Menschen flüstern: „In hundert Jahren kommt ein Bote ...", die Älteste schweigt, weint, ihr Gemahl, ballt die Faust, ja er schreit: „Noch vor Sonnenuntergang erheben sich die Tiere, die Bienen kommen, gefolgt von Vogelgesang. Die Ameisen tragen auf ihren Rücken des Menschen Sarg." Ein Mann aus der Mitte erhebt sich „Was geschieht mit den Kindern sowie Frauen?" „Ihr könnt sie verstecken, sie gen Himmel strecken, wer überbleibt, wer nicht, entscheidet nur das Gericht." Der Sektenführer hat das letzte Wort gesprochen. Der Orden der Schatten schreckt sogar vor Kindern und Frauen nicht zurück. Alles ist ihnen recht. Perverse, gierige Männer. Der Flüsterer sitzt auf seinem Thron, die Schlange an seiner Rechten, die Schleicher auf seiner Linken. „Wisst ihr noch wie der große Kaiser, der Herrscher des Mittelmeeres, mir blind ein Stück Land schenkte? Und wir aus dem Herzen des neuen Babylon anfingen, die Welt zu erobern? Könnt ihr euch erinnern? Bald ist es soweit." Der Flüsterer verspricht ihren Lakaien Geld und Land. Und die sogenannten Heiligen Männer der Kirche willigten ein. Gewiss nicht alle, eine Handvoll Würdenträger sollten reichen, um das ganze Land zu vergiften.

Der Orden der Schatten, ein Bündnis von Abtrünnigen, Verrätern, pädophile alte gierige Männer. Das Böse in Menschengestalt, freigelassen von der Schlange.

Fünfzehn Jahre später

Dass, was er mit ansehen muss, wünscht man nicht einmal seinem ärgsten Feind. Für den jungen Mann geht die Welt unter, nicht etwa wegen der politischen Ereignisse, sondern er verliert seinen Glauben und seinen inneren Frieden! Die Welt bleibt dennoch nicht stehen. Die Jahre vergehen, der junge Mann wird erwachsen. Sein Erlebnis speichert sich mit der Zeit in jeder einzelnen Faser seines Körpers, seines Geistes und seiner Seele. Die schrecklichen Gedanken verfolgen ihn Tag und Nacht. Er führt mittlerweile ein halbwegs normales Leben.

Angelo ist mit einer sehr attraktiven und wunderbaren Frau verlobt, Sabine. Finanziell und materiell ist er durch seine Arbeit abgesichert, fehlen tut ihm in dieser Hinsicht nichts! Eigentlich müsste er zufrieden sein, dennoch leidet sein Seelenfrieden!

Nach einem sonnigen Wochenende mit seiner Liebe beginnt der Montagmorgen mit einem ausgedehnten Frühstück. Wie jeden Morgen fährt Angelo mit seinem Auto zur Arbeit. Nichts deutet darauf hin, dass dieser Tag sein Leben verändern wird. Seit jeher fährt er die gleiche Strecke und hält immer am gleichen Bäcker an. Mittlerweile kennt ihn die Dame hinter dem Verkaufstresen gut, und sie vermutet wie jeden Morgen seine Bestellung. Einen Kaffee, ein belegtes Brötchen mit Salat, Käse und Wurst. Die Verkäuferin begrüßt Angelo und erkundigt sich nach seinem Befinden.

Er gibt ihr zu verstehen, dass es ihm an nichts mangelt. Nachdenklich und mit finsterer Miene verlässt der gute Mann die nach herrlich frischem Brot duftende Bäckerei. Er steigt in sein Auto und schaltet das Radio ein. Wie immer sind nur Schreckensnachrichten zu hören, Kriege, Hungersnöte, Vergewaltigungen, Morde ... Angelo schaltet das Radio aus, so viel Elend kann sich kein Mensch auf Dauer anhören.

Die Straßen sind nicht überfüllt und es geht schnell voran. Ein Mann nutzt die Gelegenheit und überquert die sonst so stark befahrene Straße in aller Ruhe. Es ist ein stattlicher Mann, er strahlt Ruhe und Gelassenheit aus. Ihre Blicke treffen sich zufällig, Angelo ist wie im Bann gezogen. Er kann kaum den Blick des Mannes ausweichen, denn etwas Magisches umgibt diesen Mann. Es ist seine unglaublich starke Aura.

Dieser magische Moment wird durch das intensive Hupen der Autos hinter ihm unterbrochen. In Gedanken versunken fährt er weiter ... plötzlich gibt es einen lauten Knall, ein Tier ist in sein Auto gekracht! Es geht alles sehr schnell, er kann nur noch intuitiv handeln. Angelo bremst ab, will noch einem anderen Auto ausweichen, doch es klappt nicht. Er überschlägt sich mehrfach. Überall Blut ... das Auto ist bis aufs unkenntliche demoliert ... Menschenmassen versammeln sich, es ist furchtbar. Das Licht um seine Augen wird dunkler und das Pochen seines Herzens wird leiser. Es wird still um ihn herum ...

Die Wüste

Plötzlich spricht eine warme, vertraute Stimme zu ihm: „Angelo ... Angelo ... Siehst du sie? Kannst du sie wahrnehmen? Die Göttlichkeit, die uns umgibt? Das Universum, die Natur? Die Sonne mit ihrem warmen Licht? Die Dunkelheit, auf welcher Weise sie den Tag durchbricht?"

Nachdem die Stimme zu ihm gesprochen hat, schlägt Angelo die Augen auf. Er sieht Sand, jede Menge Sand. Er kann nicht glauben, was er sieht. Er steht auf, fällt aber wieder auf die Knie. Verwunderung überkommt ihn wie noch nie. Sein Blick gerichtet zum Himmel, er steht auf und die Geschichte nimmt seinen Lauf. Staunend und ziellos beginnt seine Reise durch die glühend brennende Sonne. Mittlerweile ist er seit Stunden unterwegs ohne Wasser und Brot.

Die ganze Zeit hat er eine Frage in seinem Kopf. „Wo zum Teufel bin ich hier? Wie komme ich hierher?"

Er hat keine Erinnerung. Alles ist dunkel.

Tausend Gedanken durchströmen den niedergeschlagenen Mann. Von einer Entführung bis zum Flugzeugabsturz, er lässt sich jedes Szenario durch den Kopf gehen. Nichts ergibt einen Sinn, wo geht es jetzt hin? Wo befindet sich der Norden, Süden, Westen oder Osten? Alles sieht gleich aus, überall Sand. Jede Richtung wäre eine Option. Was kann jetzt noch geschehen? Was für ein leichtsinniger Gedanke.

Es wird allmählich dunkel und aus der Ferne sieht er ein Tier, beachtet es aber nicht weiter.

Seine Augen suchend nach Wasser, seine Beine werden schwerer.

Er schleift sie durch den Wüstensand, tragend wie Betonschuhe, verwirrend sein Verstand. Die Dünen scheinen kein Ende zu nehmen.

Nach qualvollen, mühseligen Stunden durch die trostlose Gegend erblicken seine müden Augen drei Kamele.

Allein, ohne Männer, denen die Tiere gehören könnten. Vorsichtig versteckt sich Angelo hinter einer Sanddüne und vergewissert sich, dass niemand dort ist. Kaum zu glauben, er erkennt, dass die Kamele mit Wasserkrügen beladen sind.

Sein Durst ist größer als die Angst, die ihn packt. Er überlegt nicht lange und fängt hektisch an, die Taschen zu durchsuchen. Die Freude ist groß als ihm Brote und Datteln entgegenspringen.

Er nimmt mit, was er tragen kann. Plötzlich hört er Stimmen aus der Ferne. Angelo läuft davon und versteckt sich hinter einer Düne. „Oh Gott steh mir bei", betet der durch Angst zitternde Mann, „wenn sie mich erwischen, ist es vorbei!" Er beobachtet wie die Männer schimpfen und vor Wut toben, nachdem sie bemerken, dass sie beklaut wurden. Sie schauen sich um, finden Spuren im Sand, Angelo ist starr vor Angst.

Er schließt die Augen und betet: „Bitte nicht oh Herr" … Was ist größer? Die Angst, dass man ihn findet und bestraft, ja sogar töten könnte oder das man ihm alles wegnimmt und ihn alleine und ohne Nahrung und Wasser zurücklässt?

Ich glaube, es ist schlimmer zu verhungern und zu verdursten. Eine qualvolle Vorstellung. Doch das Gebet wurde erhört, nach ein paar Minuten hört er von den Männern nichts mehr.

Sie sind wie aus dem Nichts verschwunden.

Nachdem Angelo Nahrung und genügend Wasser hat und weit und breit niemand mehr zu sehen ist, fühlt er sich sicher!

„Ich würde gern verstehen, warum sie wie aus dem Nichts verschwunden sind?" Wie auch immer, es spielt keine Rolle mehr, sein Körper ist von den Strapazen geschwächt.

Nachdem er gegessen und getrunken hat, erwachen seine Lebensgeister. Er durchsucht systematisch die Gegend ab. Zum Glück, es ist nichts zu sehen, es droht keine Gefahr.

„Was mach ich in der gottlosen Wüste." Er grübelt über die Männer und Kamele nach jedem Schritt, den er vorwärtsbringt, schaut er sich um. Vor lauter Sand sieht er die Wüste nicht mehr.

Angelo sucht nach einem Anhaltspunkt, nachdem er sich orientieren kann. Aus der Ferne beobachtet ihn das unbekannte Tier. Es scheint, als würde das Wesen ihn verfolgen.

Kuriose Gedankengänge spielen sich in Angelos Kopf. „Ein Tier, was war das für ein Tier?"

Angelo verspürt keine Angst und beachtet das Tier nicht weiter. „Ich muss mich jetzt schnellstmöglich um einen Unterschlupf kümmern. Es wird dämmrig. Wo will ich hier einen geschützten Ort finden?"

Er geht ziellos im Gedankenwirrwarr herum. „IST ES ETWA EIN ALPTRAUM?" Schreit er in die dunkle Nacht hinein. Er fällt lachend zu Boden. Sein Lachen schallt in der endlosen Wüste hinein. Wenn ihn jetzt jemand in diesem Zustand sehen würde, würde man denken, er sei verrückt.

Mit den Händen wild gestikulierend diskutiert Angelo vor sich hin: „Bin ich verrückt oder stehe unter Drogen? Ja genau, ich stehe unter Drogen und ich bin zu Hause. Die Drogen hat mir der bekiffte Pizzabote untergejubelt. Ich rufe jetzt meine Verlobte und sie wird mir helfen, indem sie mir kaltes Wasser ins Gesicht kippt. Amore mio, Schatz, Schaaatz!" Schreit Angelo. Doch nichts passiert.

„Oh nein, oh Gott. Ach mein Herz, warum, warum bist du nicht bei mir? Mein Wunsch dich heute zu sehen, ist immens, wie tausend Seen, meine Sehnsucht, bei dir zu sein, ist groß. Würde gern legen meinen Kopf in deinen Schoß, du streichelst sanft mein Haar und Gesicht, ich sag es dir tausend mal am Tag, ich liebe dich!"

Der verzweifelte Mann heult wie ein Schlosshund. Er fällt auf die Knie und weint. Mit einem Mal bricht die harte Erkenntnis über ihn ein. „Es ist alles echt! Ich stehe nicht unter Drogen, es ist kein Traum. Ich bin in einer Wüste und nicht zu Hause. Ich fühl mich einsam, würde gern bei dir sein. Der Schmerz ist nicht mehr zu ertragen, was soll ich machen?" Obendrein verfolgt ihn ein Hund oder ein Wolf. So verrückt es auch klingt, er muss jetzt handeln. Was seine Verlobte und Freunde wohl denken?

„Meine große Liebe …", zum wiederholten Male wirft er sich auf die Knie und betet: „Oh Gott stehe mir bei …"

Angelo geht jetzt gefühlte drei Stunden durch die karge Gegend, es ist zum Glück eine Vollmondnacht.

Die Nacht ist klar, er erkennt, dass der Sand unter seinen Füßen steiniger und stabiler wird. Das Gehen fällt dem armen Kerl leichter. Es ist kalt. Er fängt an zu frieren, er muss in Bewegung bleiben, Nahrung zu sich nehmen und vor allem trinken. Jammernd und volltrunken vor Müdigkeit plappert und dichtet er vor sich hin: „Ich bin müde, komme mir vor wie in Trance. Mittlerweile gehe ich vier oder fünf Stunden, ich habe jedes Zeitgefühl verloren. Der Mond scheint silberhell. Der Mond, die Sterne. Wie schön der Nachthimmel ist … Wundervoll ist die Nacht, in all ihrer Pracht, bezaubernd schön ist der Tag, mit all seinen Farben, hell, bunt und zart, es ist Gott, der uns anlacht, er beschert uns den Tag und die Nacht, seht her, wie schön es ist, ein Augenzwinkern und es werde Licht. Traurig müsst ihr nicht sein, dass was ihr hier seht, gibt es drüben tausendfach. So schön ist die Erde. So schön ist die Liebe. Danke Gott, dass ich lebe." Er ist traurig darüber nicht bei seiner Verlobten zu sein, in Gedanken ist er bei ihr. Er sieht ihre Augen vor seinem inneren Geiste, wie zärtlich sie ihn umarmt und mit einem Lächeln all sein Kummer schwindet.

Mit dem Gefühl im Nacken, verfolgt zu werden, bleibt er stehen und dreht sich um.

Selbst wenn Angelo nichts sieht, ahnt er, dass das Tier ihn verfolgt.

„Ich habe jetzt schon eine Weile keine Sanddüne mehr gesehen, wie muss ich das verstehen? Entferne ich mich etwa?" Bevor der geschwächte Mann den nächsten Gedanken fassen kann, sieht er am Horizont Berge. Hoffnung bahnt sich an, dass er dort ein Versteck findet. Gewaltig ist die Freude und er ist schon den Tränen nahe, als ihm die ersten Sträucher und Bäume entgegenkommen. Das Erste, was ihm durch den Kopf geht, ist es in den schützenden Bergen ein Lagerfeuer zu zünden und sich aufzuwärmen.

Dort angekommen findet er einen Platz. Angelo freut sich wie ein Kind auf Weihnachten.

„Oh Gott, bin ich froh mich endlich aufwärmen zu können, endlich zu sitzen, zu essen und zu trinken. Ich lebe!" Ein entspanntes Gefühl geht ihm durch Leib und Seele. Für einen Augenblick vergisst er die Wüste. Der Schlaf packt ihn und die Wärme des Feuers legt sich wie eine warme Decke über ihn.

Eine Stimme weckt den friedlich Schlafenden: „Beschützen soll er dich. Der Wanderer, ist unser Licht. Gottes Wort auf Erden hier. Hör ihm zu. Er spricht mit dir ... Steh auf ... Erwache ...! Du musst aufstehen!"

Erschrocken wacht Angelo auf, das Feuer ist aus und die pralle Sonne scheint ihm ins Gesicht. Er isst und trinkt etwas, setzt sich auf einen runden Stein und betrachtet die Gegend. Aus dieser Höhe kann man die Wüste erkennen und weit ins Land hineinschauen. Er fragt sich: „Wo ist der Wüstenwolf, ist er eine Fata Morgana? Ein Produkt meiner Fantasie? Nein, ich glaube, er ist echt. Was unternehme ich jetzt, wo will ich hin?" Verzweifelt schaut er ins unbewohnte Land. „Wenn sich doch nur ein Anhaltspunkt sehen ließe? Ach mein Gott." Er legt den Kopf zwischen seine Hände. „Meine Verlobte fehlt mir, bestünde doch die Möglichkeit, ihr zu sagen, dass ich noch lebe, aber nein ich bin weggefahren ... MOMENT MAL ... weggefahren!" Beim Aussprechen dieser Gedanken fällt ihm wieder ein, dass er zur Arbeit gefahren ist und sich Frühstück gekauft hatte. „Mist, und was ist dann passiert?"

Es ist zum Verzweifeln, seine Erinnerung kommt nur bruchweise zurück. Er schränkt seine Beine übereinander, hebt die Hände zum Himmel und betet. Nach dem Gebet entschließt er sich fortzugehen.

Mühselig und geschwächt von den Strapazen und wütend darüber, sich an nichts mehr zu erinnern, klettert Angelo den Berg hinunter. Mit der Hoffnung aus diesem Albtraum zu erwachen, geht er seinen Weg.

Unten angekommen bemerkt Angelo Spuren auf dem trockenen Wüstenboden. Es sind Abdrücke von Tieren. „Oh Gott KAMELE?" Sein Herz pocht wie verrückt, Angst und Neugier packen ihn gleichermaßen. Er verfolgt die Spuren und nach etwa zehn Minuten kann er Geräusche wahrnehmen.

Er versteckt sich hinter einem Felsen und beobachtet die Tiere. „Das kann doch nicht wahr sein, es sind doch die Kamele von gestern, wo sind die Männer? Die stehen wie gestern unbemannt dort." Angelo nimmt all seinen Mut zusammen und entschließt sich zu handeln. Er flüstert vor sich hin: „Dass ich mich so etwas traue! Ich habe immer über Menschen geschimpft, die Stehlen. Wie so oft habe ich nie über die Not der Menschen nachgedacht. Ich habe sie mit Abscheu angestarrt. Diese Bettler ignoriert und über andere Kulturen abwertend gesprochen. Barbaren habe ich sie genannt. Was soll ich tun? Ich befinde mich jetzt selbst in einer Notsituation."

Er geht so leise wie man nur gehen kann. Ein Kamel schaut ihn an, als ob es sagen möchte: „Nicht du schon wieder." Das andere spricht ihn mit seinen großen Augen an: „Such zuerst bei mir." Und das dritte Tier macht den Eindruck, als ob es angewidert ist von dem stinkenden Mann.

Offensichtlich spielt sein Verstand ihm einen Streich, er entscheidet sich für das „nette" Kamel.

Er entschuldigt sich und beginnt eine Konversation mit den Tieren. „Hallo, ich heiße Angelo." Er fängt an die Taschen zu durchsuchen. Der leicht verwirrte Mann freut sich wie Weihnachten, Ostern und Geburtstag zusammen, nachdem er eine Wolldecke findet.

Abgelenkt von dem Fund der Wolldecke, bemerkt Angelo nicht das die Männer herannahen. Als er sich tanzend umdreht, stehen ihm die Männer genau gegenüber. So nah, dass man die Schweißperlen auf der Stirn erkennen kann. Einer der Männer, der genau vor ihm steht, ein kolossaler und kräftiger Mann, schaut ihm tief in die Augen. Ihm läuft ein Schauer über den Rücken. „Diese Augen?" Fragt sich Angelo. „Diese Augen kommen mir vertraut vor."

Sie schauen sich gegenseitig an und schweigen minutenlang. Der kolossale Mann mit den magischen Augen hält einen Stab in der Hand. Angelo streckt zur Begrüßung seine Hand aus. Sein gegenüber reagiert nicht drauf bis er abrupt seinen Stab in die Luft wirbelt und wild anfängt zu schreien.

Erschrocken und verwirrt ergreift Angelo die Flucht. Er läuft, wie er noch nie in seinem Leben gelaufen ist. Währenddessen dreht er sich um und es ist wie ein Zauber, wie beim ersten Mal sind alle weg! Sie haben sich in Luft aufgelöst.

Es ist niemand mehr zu sehen, außer der Wüste, Angelo und siehe da, der Wüstenwolf.

Es scheint, als ob sich das Tier ihm nähert, ein schönes Wesen.

„Grundgütiger, wer hätte gedacht, dass es in der Wüste so viel Aufregung gibt. Mein Gott, wie oft stand ich kurz vorm Durchdrehen." Er ist seit zwei Tagen unterwegs und hat zum zweiten Mal die gleichen Männer beklaut. Das Tier macht ihn mittlerweile neugierig. Auch dieser Tag neigt sich dem Ende zu und es wird Nacht.

In dieser kalten kargen Gegend, wo die Monster, Dämonen und Geister der Urahnen umherschwirren, zündet Angelo ein warmes Feuer. Sie waren zu dritt und er von Gott und allen guten Geistern verlassen oder etwa nicht?

„Angelo erwache, steh auf Angelo!"

Er hört wieder diese Stimme und schlägt die Augen auf. Nach einem unruhigen Schlaf, zitternd vor Kälte und betäubt von der Müdigkeit, wird ihm bewusst, dass es immer noch Nacht ist. Aus der Ferne sieht er ein Licht flackern. Angezogen von dem Licht bewegt er sich wie in Trance dorthin. Ungewiss was ihn dort erwartet, nähert sich Angelo dem Licht.

Auf dem Weg in jene Richtung geht ihm in den Sinn, dass es die Männer sind, die er beklaut hat.

Ein leicht berauschendes Grinsen geht ihm über die kalten Wangen. Dort angekommen, ist einer von den Typen zu erkennen und zwar der, der Stunden vorher mit dem Stab in der Hand herumgefuchtelt hat.

Der Mann schaut ihn schweigend an und Angelo begrüßt ihn mit den Worten: „Friede sei mit dir."

Es grenzt an ein Wunder, der Mann am Feuer antwortet ihm: „Friede und Segen sei mit dir." Er antwortet in der gleichen Sprache. Seelenruhig sitzt der geheimnisvolle Beduine da und fragt: „Wie geht es dir?" „Gott sei Dank geht es mir gut." Antwortet Angelo. „Der Herr ist mit uns. Setzt dich bitte." Bittet ihn der Beduine.

Gesagt getan, der ins Staunen geratene und müde Angelo setzt sich nieder.

„Wie ist dein Name?" Fragt Angelo den in traditioneller Tracht bekleideten Beduinen.

„Wie mein Name lautet, das tut jetzt nichts zu Sache. Du sitzt nicht umsonst hier, es ist kein Zufall. Genauso wie es kein Zufall ist, dass ich hier bin. Es gibt keine Zufälle." „Ja, alles passiert wahrlich ohne Grund." Sagt Angelo und macht es sich auf der Decke gemütlich. Der Beduine nickt und sagt: „Genauso ist es."

„Ich verstehe nicht, wie ich hierherkomme. Ich habe viele Fragen, warum habe ich das Gefühl, dass ich dich schon mal gesehen habe, du kommst mir vertraut vor." Wundert sich Angelo.

Sie fangen an zu reden, vom Licht, von den Sternen und vom Leben. Von dem Zusammenspiel der Atome und den Molekülen. Wie alles begann, von Anfang an. Er spricht mit einer schönen friedlichen Stimme. Der mystische Beduine fängt an zu reden, beinahe singend, poetisch: „Ein Kind wurde geboren. Es geschah in einem kurzen Augenblick. An einem Ort. Frei. Behütet von Gott. Ein Schrei durchbricht die Leere. Ein Knall schlägt Wellen. Eine Druckwelle, die sich ausdehnt, es ist da, es ist geboren, verzaubernde Schönheit, ihr Name Unendlichkeit. Siehst du sie? Kannst du sie sehen? Die Göttlichkeit, die uns umgibt? Das Universum, die Natur? Die Sonne mit ihrem warmen Licht? Die Dunkelheit wie sie den Tag durchbricht?

Gott erschuf die Welt in all ihrer Pracht, was haben wir bloß draus gemacht?

Noch nie hat ihm jemand das Wunder der Welt, vom Universum, in so einer beeindruckenden Art und Weise erklärt. Seine Augen spiegeln das Feuermeer der Flammen wieder, durch die Faszination wie er erzählt von der Erde, von den Pflanzen und den Bäumen.

„Wie viele Menschen glauben, dass sie leben? Wie viele glauben, dass sie sterben, oder die Liebe erleben? Es fühlen, sich berühren? Mit Engelsflügel fliegen? Zueinanderstehen? Sich in die Augen schauen? Sich eine Auszeit nehmen. Nicht mehr nach hinten sehen. Zu Arbeiten, um zu Leben und nicht leben, um zum Arbeiten!"

Eine Gänsehaut geht ihm durch Leib und Seele als er dies alles hört. Der mysteriöse Mann fragt Angelo: „Hast du je einem Baum zugehört?" „Nein."

„Dann hör genau hin, denn alles lebt. Auch der Boden, auf dem du sitzt. Dein Körper, von dem du glaubst, er ist dein Besitz. Ein Sandkorn, möge er noch so winzig sein, allem hauchte Es Leben ein. Fest und stark, verwurzelt im Erdreich steht er da, der Beobachter.

Schaut tief in die Seele der Menschen hinein, ob groß oder klein. Groß und stark, stolz ragt er im Himmel empor. Der Beobachter, ihm machen wir nichts vor. So schön, so prachtvoll in all seinen Farben, hörte ich ihn sagen: „Ihr habt tausend Fragen, wollt alles wissen, und doch, würdet ihr mich vermissen. Habt mich aus Gottes Erdreich entrissen. Ich bin der Beobachter und das was ich sah, gebe ich weiter, denn ich bin dem Himmel so nah." Angelo wundert sich und fragt: „Mein Körper den ich glaube zu besitzen? Was meinst du damit?"

„Ich meine, dass ihr alles für selbstverständlich haltet. Und ihr habt aufgehört zuzuhören. Kinder nehmen so viel wahr. Das minimalste Geräusch, die feinste Berührung. Sie hören sogar ein Sandkorn sprechen. Sie sehen die Geister, die Engel, die sie umgeben."

„Die Geister?"

„Ja! Die Geister, die Engel, die Seelen. Das Universum, Gott, der Schöpfer! Ja es ist der allmächtige Schöpfer und er hat tausend Namen. Ihr fixiert euch und vergesst, wie einflussreich die Energie ist, die uns umgibt."

„Ich verstehe, was du meinst, ich gebe dir recht mein Freund." „Mir geht es nicht um Recht. Ich will, dass du verstehst, dass alles lebt. Und alles was lebt, will Liebe, Akzeptanz und Respekt. Alles was lebt, will Liebe und Liebe geben. Darum geht es. Erinnere dich zurück. Wie fühltest du dich, wenn du Liebe gabst und keine Liebe zurückkam?"

„Nicht gut! Schrecklich!" „Und jetzt, versetzt dich in ein Sandkorn, das winzig ist. Man beachtet ihn nicht. Oder versetzte dich in einen Baum, der in den Himmel ragt und man blind daran vorbeigeht. Oder in eine Mutter, man fordert, dass sie einen bekocht, wäscht, dass sie einen Kind Liebe gibt?"

„Ich zeigte meinen Eltern Respekt."

„Ach wirklich?" Entgegnet ihn der Beduine.

Angelo wird rot vor Scham: „Ja ok, nicht jeder-zeit." Und senkt seinen Kopf. „Du beklautest deine Eltern und erst vor Kurzem beklautest du mich. Das ist respektlos und nicht nötig."

Der Beduine holt tief Luft, schaut in den Nachthimmel und sagt: „Niemand hätte es nötig zu klauen, wenn die Menschen nicht so gierig wären. Aber da verrate ich dir nichts Neues. Die Welt gibt uns alles, was wir benötigen. Essen, Trinken, Medizin, Kleidung, alles. Und was geben wir?"

Er schaut Angelo fragend an und Angelo ant-wortet: „Wir beuten alles aus!"

„Mehr denn je! Einst lebten wir alle im Ein-klang mit der Welt. Sie gab uns, und wir gaben ihr." Sie schweigen eine Zeit und trinken Tee. Nach einer Weile fragt er ihn: „Ich möchte dich gern mitnehmen auf eine Reise, auf eine geistige Reise. Was sagst du?"

Angelo antwortet spontan: „Ja!"

„Vertraue deinem Bauchgefühl, schließe deine Augen und entspann dich." Er steht auf, legt die Hände auf seinen Kopf und Angelo verfällt in Trance.

Es ist fantastisch! Ein Tunnel aus Sternen, Sternenstaub und Licht umgibt die beiden Rei-senden. Mit Lichtgeschwindigkeit bewegen sie sich durch einen kosmischen Tunnel. Urplötzlich sieht Angelo alles vor sich. „In erst vergangen Welten reise ich, da sehe ich das Licht, sehen kann ich ihn nicht, doch fühle ich ihn nah, hören und fühlen, durch alle Moleküle, vibrieren der Atome und das Glühen der Augen, mir wird warm ums Herz, weg ist der Schmerz. Im Dunklen, geführt durch das Licht, das Lächeln der Urahnen vor meinem Gesicht, die Kinder des Waldes, ich ziehe vorbei am Fluss des Schreckens. Sehe ich die Frauen des Grauens, wie verzweifelt sie schauen, eine Frau mit grauem Haar, bleich, an, ein purpurotes Kleid, gefangen zwischen dicken Ästen. Nackte gierige Männer schleichen am Waldrand, gefangen mit dem Phallus in der Hand, nehmen erst die Alte und dann, eine nach der anderen. Aufhalten lass ich mich nicht. Gott sei Dank werde ich begleitet durch das Licht.

Ich reise eine Ewigkeit, lass hinter mir diesen schrecklichen Ort, mit dem Fluss, dem Wald und dem frevelhaften Wort. In tausend Galaxien bin ich gewesen, nirgends war es böser als bei diesen Wesen. Verzweifelt schau ich zu, wie sich die Menschen vernichten im Nu. Was sind schon zweitausend Jahre? Schaut, was alles geschah. In einem kurzen Augenblick wurde geboren das Licht. Ein Wimpernschlag und die Menschen lagen in einem Wassersarg. Neu wurde alles geboren, die Hoffnung war nie verloren. Doch lang lässt er nicht auf sich warten, denn der Schöpfer wurde verraten. Wollt ihr darauf warten? Wir schauen in den Nachthimmel und vor lauter Sterne, erkennen wir die Engel nicht. Jeden Tag geschehen Wunder, erkennen wir sie?

Wir sterben jeden Tag und stehen wieder auf.
Jeden Tag, die Wunder vor unseren Augen.
Kinder werden geboren, aus einem Tropfen, ein-
genistet im Mutterschoß. Ich sehe die Eroberer.
In Schlachten wurden sie geschlagen, Länder
wurden erobert, Menschen getötet und Göttern
Opfer gebracht. Frauen misshandelt, und Kinder
gezeugt, um ihre Gene zu verwurzeln, mit aller
Macht. Im Sumpf ertrunken, Kampflieder
wurden gesungen, „Schritt für Schritt Kamerad,
wir treffen uns um Mitternacht." Was hat es
ihnen gebracht? Tod und Verderben, ihnen und
ihren Erben. Die Welt ist nicht genug, die Welt,
Himmel und Erde, tut ihnen das gut? Der Machthaber schreit und kreischt, tobt: „Ressourcen
müssen her! Ich schick eine Armee, Granaten,
Panzer und Maschinengewehr. Zerstört, vernichtet, viel Blut, löscht sie aus deren Brut." Mit
einem Mal wird es kirchenstill, überall Rauch
und Leid. Männer, Frauen und Kinder, es wird
grauenhafter, Hunger! Tränen befeuchten die
heiß blutgetränkte Erde, hat es sich gelohnt? Für
eine Handvoll Brot? Zu Ross galoppiert er durch
die Steppe, nichts dabei außer einer Decke. Ein
bisschen Wasser, ein Stück Brot. Er sucht sich
einen Ort. Niederlassen an einem Platz, ein siche-
res Land, immer grün niemals kalt. Einst war er
ein stolzer Häuptling, geschmückt mit einer
Feder und Kleidern aus Leder. Begleitet vom
Wolf und einem Adler. Einst ein einflussreicher
Stamm, mit vielen Kindern und viel Tamtam.

Tagsüber sangen die Frauen Lieder, nachts tanzten die Männer am Feuer, im Einklang mit der Natur und den Tieren, lebten sie in Frieden. Wir mischten uns ein, gaben ihnen Namen, brachten alles aus dem Gleichgewicht.

Manchmal schäme ich mich, Europäer zu sein.

Der weiße Mann ist ein Schwein!

Wo sind jetzt die Völker? Die Krieger und ihre Stammesführer? Die Schamanen? Die Geister, die sie riefen? Die Bäume, die sie liebten? Die duftenden Gräser?

Der Bison?

Ach war das schön..." Sie überfliegen Wälder, gigantische Bäume, Gräser mit Büffelherden. Sie scheinen nicht mehr aufzuhören. Kinder, die barfuß über die Wiesen laufen. Unbeschwert, ohne Sorgen. Wasserfälle, Flüsse und Seen.

Adler fliegen ihm entgegen. Männer die nach einer erfolgreichen Jagd feiern, tanzen und sich mit Gebeten bedanken. Sie bedanken sich für den Erfolg, für die erfolgreiche Jagd, dafür das sie jetzt Nahrung haben.

Ein längst vergessenes Ritual. Oh ja, wir nehmen alles zu selbstverständlich hin. Sie reisen in eine Zeit, als die gigantischen Schiffe kommen und sich alles nehmen. Menschen mit anderer Hautfarbe werden versklavt. Schienen und Häuser werden gebaut, die Wälder vernichtet. Angelo sieht Mütter weinen, weil sie ihre Kinder verloren haben. Kinder, die weinen, weil sie ihre Mütter sterben sehen. Je mehr er reist, so Erschreckender das Elend, desto höher der Preis.

Selbst der Tod ist nicht umsonst.

In einer Zeit durchtränkt mit Elend und Leid, ein Irrer schreit: „Wollt ihr den totalen Krieg?" Die Menge jubelt und wird geführt in den Tod. Jahre später laufen bunt bekleidete Menschen, mit Blumen in den Haaren, die Straßen entlang und fordern in Scharen, die Freiheit der Menschen und die Gleichstellung der Frauen ein. Ein Beenden eines ungleichen Krieges.

Am Lincoln Memorial steht ein Engel vor tausenden Menschen und erzählt von seinem Traum, vom Traum des Friedens, vom Traum der Gleichheit. Es wird seelenruhig, Angelo entfernt sich vom gesamten Geschehen, er kommt zu sich. Die Sonne blendet, es ist heiß. Er erwacht. Ist es ein Traum? Nein, ist es nicht, er sitzt an der gleichen Stelle, wo der Beduine saß, man kann noch den Abdruck erkennen. Angelo steht auf und geht, in Gedanken ist er in seiner Vergangenheit, was ist alles schiefgelaufen? Er ist doch nur ein Mensch! Wir sind alle nicht fehlerfrei!

Haben sie nichts aus der Vergangenheit gelernt?

Wie viele Nationen wiederholen ihre Fehler aus der Vergangenheit? Verdrängen oder vergessen sie ihre Fehler? Stundenlang schleppt sich Angelo durch die endlose Steppe, überraschend fällt ihm aus der Ferne ein Dorf auf. Seine Freude ist unendlich, ein Dorf! Es besteht die Möglichkeit zu telefonieren, zu essen, zu trinken und in einem ordentlichen Bett zu schlafen. Wahnsinns Gedanken!

Endlich angekommen, laufen ihm lachende, glückliche und kreischende Kinder entgegen.

Sie haben lange keinen Fremden gesehen. Die herbeieilenden Einwohner des Dorfes merken sofort, dass Angelo extrem erschöpft ist. Eine Dame im gesegneten Alter reicht ihm Nahrung. Andere Bewohner des Dorfes bringen Datteln, Brot und Wasser. Angelo nimmt es dankend an. Die Gastfreundschaft ist überwältigend, wenn man bedenkt, dass er ein Fremder ist. Zu Recht urteilt er: „Dort wo ich herkomme, würde man mich begutachten und wie Abschaum behandeln. Zu meiner Schande würde ich nicht anders handeln.

„Ich bin glücklich, hier zu sein." Angelo ist an einem Marktplatz angekommen. Textilien, Fleisch, Obst und viele andere Sachen werden angeboten.

Er sitzt da und beobachtet wie die Menschen, lachen, handeln, essen und sich unterhalten.

Kinder laufen umher und spielen mit selbst gebastelten Spielzeugen aus Holz. Die Mädchen springen Seil und die Jungen Räuber und Gendarm. Sogar ein Fußball aus Leder ist vorhanden.

Angelo erinnert sich an seine eigene Kindheit, er lebte in Süditalien bei seinen Großeltern. Er verbrachte eine schöne und abenteuerliche Zeit in Italien. Die Zeit verfliegt und die Sonne geht allmählich unter. Und schon wieder geht die Suche nach einem Schlafplatz weiter. Eine schwierige Angelegenheit, denn in dem erwähnten altertümlichen Dorf gibt es keine Hotels. Und obendrein spricht er ihre Sprache nicht.

Nichtsdestotrotz gestikuliert der italienische Mann mit Händen und Füssen, obwohl er buchstäblich schlaftrunken ist. Geld besitzt er keins und Tauschmittel sind ebenso keine vorhanden.

Mit einem Mal merkt er einen Handgriff auf seinen Schultern, ein Mann fragt ihn, „Darf ich dir helfen?" Angelo dreht sich erschrocken und staunend um. Es ist einer der Männer aus der Wüste, Vertrautheit kommt auf. Der Mann holt Angelo aus der Menge und bietet ihm seine Hilfe an: „Mein Name ist Ali." Stellt er sich vor. „Wir leben hier zurückgezogen und haben mit der Außenwelt nichts zu schaffen und das mit Recht. Dort draußen herrscht Gier, Korruption und die Menschen denken nur an sich. Eine gleichgültige Welt. Geld ist ihr Gott und die Würde des Menschen wird mit Füßen getreten. Die Stadt ist viel zu hektisch, die Menschen begrüßen nicht einander." Ali erzählt weiter: „Ein Mann aus dem Dorf konnte in der Stadt beobachten, wie ein Mensch auf der Straße gestorben sei und keiner hat sich darum gekümmert. Es hat ewig gedauert, bis jemand reagierte. Die Hilfe kam viel zu spät und das in einer Stadt, wo tausende von Menschen leben."

Sie sitzen am Dorfbrunnen und unterhalten sich eine Weile. Nach einiger Zeit fragt Ali Angelo, ob er nicht in seiner Scheune übernachten will, es gäbe Tee und etwas zu essen. Dankend akzeptiert Angelo das Angebot.

Dort angekommen stellt Ali ihm ein Klappbett auf, die Freude ist gewaltig und er bedankt sich mehrmals.

Er bereitet Tee zu und kocht eine Suppe. Sie setzen sich hin. Er spricht ein Gebet und nach dem Gespräch mit Gott wird gegessen. Angelo verrät ihm von seiner Begegnung mit dem Mann aus der Wüste. Es wundert ihn nicht, als Ali Angelo erzählt, dass er im Bilde ist. Er weiß alles, worüber die beiden gestern gesprochen haben, auch über die Reise. Es war eine Reise in die Vergangenheit erklärt ihm Ali: „Sinn der Begegnung war dir zu zeigen, wie alles begann. Es gibt einen Grund für all das, was hier passiert, es ist kein Zufall, dass wir uns hier begegnen."

Bevor Angelo eine Frage stellen darf, fängt er an, über die Menschen aus dem Dorf zu berichten. Wie glücklich sie sind, obwohl sie nicht viel haben. Sie erzeugen alles eigenhändig. Brot, Käse, sie haben Vieh, Ziegen, ein Dach über dem Kopf, Platz zum Schlafen und Essen. Kein Fernseher, kein Handy, kein Computer, manche würden sagen, wie langweilig.

Sie schätzen die Gegend, in der sie leben, sie beschweren sich nicht, im Gegenteil, sie bedanken sich jeden Tag für das, was sie besitzen. Für ihn sind sie die glücklichsten Menschen auf der Welt. Das Paradies auf Erden. Sie kennen keine Depressionen, Burn-out, Eifersucht oder Gier. Sie würden sich streiten, allerdings würden sie sich nie bekriegen, beklauen oder schlagen. Sie sind nie ausgelaugt oder unzufrieden, nein das kennen sie nicht. Sie erzeugen nie mehr als das, was sie brauchen.

Ein Esel muss nicht mehr tragen, wie er tragen kann. Hier gibt es keine Spaltung der Geschlechter oder Religionen, hier hungert und durstet niemand. Angelo sagt ihm glücklich: „Wahrhaftig es ist das Paradies auf Erden. Sorglos und unbekümmert und im Einklang mit ihrer Umgebung."

Ali entgegnet: „Das Paradies ist dort, wo Frieden herrscht. Wo die Menschen sich gegenseitig mit Würde begegnen und die Frau nicht minderwertiger ist wie der Mann. Wo Kinder, Kinder verkörpern dürfen. Dort, wo die Liebe ist, ist Gott, dort, wo Gott ist, ist das Licht, dort, wo das Licht ist, ist die Vollkommenheit. Vollkommenheit heißt Frieden. Schau an, was auf dieser Welt geschieht, wie viele Kriege, wie viel Hunger, wie viele Krankheiten es gibt. Geld regiert die Welt und nicht die Liebe. Menschen bringen sich gegenseitig um, um an das Erbe zu kommen. Nationen überfallen andere Nationen wegen Öl und begründen dies mit einer Lüge. Sie meinen, sie haben die Sklaverei abgeschafft und doch leben sie einen scheinheiligen Frieden, der mit Waffengewalt und Angst aufrechterhalten wird. Löhne werden gedrückt, die Bevölkerung wird gegeißelt mit unsichtbaren Ketten, die sie einengen. Frauen werden verkauft an gierige Männer. Die Wörter, FRIEDEN und LIEBE wurden ihrer Bedeutung genommen und sie werden missbraucht für den Schein, für ihre Scheinwelt."

Angelo erzählt ihm, dass er es leid sei ständig zu hören, wie alles den Bach heruntergeht und sich keiner bewegt. Wie sie alle nach Frieden schreien und sie sich dennoch bekriegen. Alle schreien nach Liebe, der erste Streit besiegelt aber dann den Untergang.

Ali fragt Angelo, was er unternehmen würde. Bewegt er sich? Angelo erzählt ihm von seinem Wunder, der großen Liebe. Zu Recht fragt Ali, warum er so unzufrieden sei.

„Irgendetwas sagt mir, dass du weißt, warum ich unzufrieden und unglücklich bin," sagt Angelo. „Ja ich glaube, dass du glücklich bist mit deiner Verlobten. Du verehrst sie wahrhaftig über alles. Du findest Zuflucht, Zufriedenheit, Glückseligkeit. Sie bringt dich auf andere Gedanken. Sie lässt dich vergessen und lenkt dich von dem Elend auf dieser Welt ab. Von deinem persönlichen Leid, worüber du mit keinem sprechen willst." „Ich fürchte, ich fühle, was du meinst. Ich kann das alles nicht mehr hören. Trotzdem behandle ich meine Mitmenschen nicht, wie ich sie behandeln sollte. Ich sehe einen Bettler und denke sofort an die sogenannte Bettelmafia. Ich ignoriere den Gedanken, dass er oder sie Hilfe benötigt. Ich fühle Neid und Eifersucht. Fürchterliche Gedanken plagen mich, wenn ich an meine Jugend denke. Wut entsteht, wenn ich fernsehe. Ich sehe gläubige Menschen, wie sie andere gläubige Menschen umbringen, obwohl ich im Inneren verstehe, dass es mit ihrem Glauben nichts gemeinsam hat. Ich lass mich mitreißen. Ist es nicht normal?

Wir sind alle nicht fehlerfrei und müssen akzeptieren." Erklärt Angelo seine Sicht.

„Genau, deine Befürchtung ist zutreffend und nein, es ist nicht normal! Genau dort liegt das Problem. Ihr meint, es ist normal, dass ihr das annehmen müsst. Es problemlos zu akzeptieren, weil es für euch am bequemsten ist, alles anzunehmen, wie es ist. Zu sagen wir vermögen nichts daran ändern. Es ist zu anstrengend zu schimpfen, einander aufzulehnen, zu ändern, inne zugehen, Ruhe zu bewahren, zu helfen. Wie zum Beispiel dem Bettler ein bisschen Geld zu geben. Für viele ist es schon zu anstrengend einen Schritt zur Mülltonne zu gehen und schmeißt euren Müll bequem auf die Straße. Wenn die Dorfbewohner hier anfangen würden, so zu denken, würde es hier Mord und Totschlag geben."

Sie reden bis in die Nacht. Ali bringt ihm tausend Beispiele. Nach mehreren philosophischen Stunden geht er beten und dann schlafen. Angelo liegt farblos im Bett. Am Morgen, als er aufwacht, ist Ali schon weg. Angelo frühstückt, packt seine Sachen und geht Richtung Marktplatz.

Er genießt eine Weile die paradiesische Idylle, die netten Menschen, die Kinder, wie sie lachen und spielen. Die Zeit vergeht in Windeseile. Letztendlich entscheidet er sich, fortzuziehen.

„Bin gespannt, wohin Gott mich jetzt leitet, ob das Gelächter der Kinder mich begleitet? Eine schöne Zeit, dennoch, all das bringt mir nichts. Ich will endlich nach Hause." Angelo ist seit Tagen unterwegs.

Verzweifelt mit den Gedanken, die ihn plagen. Unvorhersehbar was ihm als Nächstes zustößt. Wie in einem endlosen Traum wandert er durch die Wüste, das Lachen der Kinder in seinem Kopf wird leiser, bis es komplett erlischt. Es bleibt nur die Erinnerung.

Ohne Zeitgefühl und ohne sich auszukennen, ohne Wasser und Brot, verlässt ihn allmählich seine Seele. Es ist zu schmerzhaft für sie in seinem armseligen Körper zu verbleiben. Wie im Schlaf sie uns verlässt, damit sich unser Leib ausruhen darf, steht seine Seele kurz davor, ihn zu verlassen. Jedoch nicht allein durch Müdigkeit, oh nein, durch den Stress, der sie ausgesetzt ist. Sie mag es nicht ertragen und viele müssen mit dem Leben bezahlen, weil sie ihrer Seele schaden. Noch will sie nicht aufgeben und Angelo kämpft um sein Überleben. Berauscht durch den Verlust von Flüssigkeit, träumt er von seiner Verlobten. „Mein Engel, ihren zauberhaften Duft am Morgen, abends ihre zarten Hände, ihre sinnlichen Lippen. Gott im Himmel sie fehlt mir. Mein Herz, es schmerzt vor Sehnsucht." Er verlässt die Stadt. Was geschieht? Es ist halb acht, bald hereinbricht die Nacht. Von Weitem sieht er die Schlacht, vorbei mit dem Frieden.

Man sieht Vögel, wie sie fortfliegen. Die Raben bleiben und erfreuen sich über die Leichen. Er lässt hinter sich den Ort der Glückseligkeit. Vor ihm die Stadt mit dröhnendem Geheul. Wo ist der Frieden? Vor seinen Augen sieht der erschöpfte Mann eine Welt in Flammen. Die Menschen hier haben es nicht verstanden.

Merkwürdige Wesen nehmen ihn gefangen. In einer finsteren dunklen Nacht fing es an, wie ein Albtraum, der über ihn kam. Die Angst packt ihn, schweißgebadet, eingesperrt in einem dunklen Raum. Er sieht nichts. Er bemerkt lediglich das Nagen der krabbelnden Tiere.

Man fühlt die Angst im Raum, der Boden atmet und die Wände sprechen.

Mit geballter Kraft, alle zusammen gegen die dunkle Macht. Das Tier an den Hörnern packen, den korrupten Staate trotzen und die, die damit protzen. Mit aller Macht haben sie mit dem Teufel einen Packt geschlossen. Sie sagen, sie kämpfen in Gottes Namen, und verwirren das Volk!

Womit wird der gute Mann bestraft? Geschah nicht bereits genug? Gestrandet zu sein in einer Wüste und jetzt gefangen genommen von merkwürdigen Wesen. Es wird taghell in seiner Zelle. Er ist nicht alleine, er sieht mehrere Männer, sie sind ebenso angekettet wie er. Es sind Sklaven.

Manche von ihnen sind nur noch Haut und Knochen. Sie sind so dünn, dass man mit bloßem Auge ihre Herzen pochen sieht. Angelo schaut sie fragend an, aber er erntet nur geistlose Blicke. Ihnen wurde alles genommen. Es heißt doch, die Würde des Menschen ist unantastbar und die Gedanken sind frei! Doch ihnen wurde nicht nur die Würde genommen, sondern auch ihre freien Gedanken.

Ununterbrochen hört man das Klagen der Gefangenen aus den anderen Zellen.

Urplötzlich geht die Zellentür auf und ein paar vermummte Männer reißen Angelo gewaltsam aus der Zelle.

Sie stülpen ihm einen Sack über seinen Kopf und führen in ab. Sie laufen ein paar Meter, bleiben stehen und werfen ihn in einen Raum.

„Setz dich", schimpft einer der Männer und reißt ihm den Sack vom Kopf.

Das Licht einer Lampe blendet Angelo.

Das Verhör

Nun sitzt er auf einem Stuhl, vor ihm ein Tisch mit einer Stehlampe.

Nach fünf bis zehn Minuten kommen mehrere Männer herein. Einer setzt sich hin an den Tisch, zwei stellen sich neben ihn. Einer auf der rechten Seite, einer links. Andere stellen sich hinter Angelo. Der Mann, der am Tisch Platz genommen hat, fängt an zu sprechen.

Angelo versteht kein Wort, er spricht eine für ihn fremde Sprache. Ein anderer Mann fängt sofort an es ins Italienische zu übersetzen: „Dieser Mann ist unser Offizier, er heißt Mussa. Ich bin Raghim der Dolmetscher. Mein Offizier will wissen wie du heißt, wo du herkommst und was du hier treibst."

„Angelo, ich heiße Angelo, ich weiß nicht, woher ich komme. Ich bin seit Tagen in der Wüste unterwegs. Was ich hier treibe? Das sagt ihr mir jetzt, denke ich." Der Dolmetscher übersetzt, es wird unruhig in dem Raum. Der Offizier Mussa flippt komplett aus. Wie aus dem nichts fangen die Männer an auf Angelo einzuschlagen. Ununterbrochen stellen sie ihm Fragen und doch kann er ihnen nichts sagen. Blutig wird der arme Mann geschlagen.

Sie wiederholen dieses Martyrium, bis sie merken, dass diese Methode keine Wirkung zeigt. Der Offizier steht genervt auf und verlässt den Raum. Nur der Dolmetscher bleibt sitzen. „Hör zu, du sagst besser die Wahrheit, ansonsten lässt dich mein Anführer köpfen."

Erklärt ihm der Dolmetscher. Angelo entgegnet ihm forsch: „Ihr habt mich doch gefangen genommen! Gut, ich erzähle dir alles, von Anfang an, wie alles begann."

Er erzählt, wie er in der Wüste aufwachte. Die Begegnung mit den Kamelen, vom Wüstenwolf und von den drei Männern, von denen er mit zweien eine spirituelle und friedliche Unterhaltung hatte. Der Mann staunt und sagt: „Verzeih uns bitte, wir dachten, du seist ein Spion. Doch von dir haben wir gehört, komm mit mir, ich will dir jemanden vorstellen." Der Mann entschuldigt sich bei Angelo, gibt ihm Wasser mit einem Tuch, mit dem er sich das Blut aus dem Gesicht wischen kann. Schließlich folgt ihm Angelo ohne zu zögern. Abrupt verändert sich alles, Raghim wirkt entgegenkommend und dieses Mal bekommt er keinen Sack über seinen Kopf gestülpt. Er darf zum ersten Mal sehen, wie es dort aussieht.

Sie setzen sich in einen Jeep und fahren los. Sie fahren durch ein unterirdisches Tunnelsystem. Im Laufe der Fahrt darf Angelo sich ein Bild von allem machen. Er sieht Gefangene, Einheimische, vermummte und nicht vermummte Soldaten, sie sind bewaffnet bis unter den Zähnen. Zwischendurch sieht er Wesen, die sich wie Geister unter den Menschen bewegen. Niemand scheint es zu merken oder zu stören. Angelo fragt nicht nach, weil er sich nicht sicher ist, ob sein Verstand ihm einen Streich spielt.

Doch sein Verstand trübt ihn nicht, denn die Wesen, die er sieht, nennen sich Dschinns.

Es sind übersinnliche mystische Geschöpfe, die aus Feuer erschaffen worden sind. Nur speziell auserwählte Menschen dürfen sie in Ausnahmesituationen sehen. Unter ihnen gibt es gute und bösartige Dschinns. Wenn die Menschen erahnen würden, was für Wesen unter ihnen leben, dann würden sie die Welt mit anderen Augen sehen.

Sie würden nicht so arrogant über diesen wundervollen Planeten stolzieren.

Angelo betrachtet die Stände, wo alles Mögliche angeboten wird, Essen, Kleidung, Waffen und vieles mehr. Er wundert sich, wie viele Menschen hier unten leben.

Eine unterirdische gewaltige Welt! Angelo nutzt die Fahrt, um sich so gut wie es geht zu entspannen. Die unebene Straße schaukelt den Wagen hin und her, sodass Angelo kurz einschläft.

Nach einer Weile wird der Tunnel angenehmer und jetzt ist die Straße asphaltiert. Durch die gemütliche Fahrweise wacht Angelo wieder auf. Er wundert sich über die gut asphaltierten Straßen. Endlich ist die Fahrt vorbei und sie halten vor einem Tor. Ein prächtiges Tor, das mit antiken Schriften verziert ist. Nach gefühlten zwei, drei Minuten öffnet sich die Pforte und Angelo traut seinen Augen nicht, denn er sieht eine gewaltige Stadt. Und mitten drin ein imposanter Palast. Ein Meisterwerk, ein Wunder, alles unter der Erde und teilweise in Fels gemeißelt. Faszinierende Schönheit, wie in einem Märchen. Der Dolmetscher bringt ihn zum Palast.

Vor den Toren stehen zwei Wachen, bekleidet wie Soldaten aus klassisch orientalischen Zeiten. Mehrere Diener empfangen die beiden.

„Hier bist du geschützt, du bist in diesen heiligen Hallen behütet. Benimm dich bitte und behandle jeden und alles was du siehst mit Respekt und gleichermaßen wird man dich behandeln wie ein König. Ich lass dich jetzt allein, die Diener kümmern sich um dich." Erklärt ihm der Dolmetscher. Einer der Bediensteten spricht Angelo zu seiner Verwunderung in seiner Muttersprache an: „Folge mir, ich führe dich zu deinem Schlafgemach."

Es ist alles vorhanden, was Angelo sich erträumt, Nahrung, Kleidung, ein Badezimmer aus feinstem Marmor. Angelo kommt nicht mehr aus dem Staunen heraus, als er vor einem Bett steht.

Das ist das, was er sich in den letzten Tagen am meisten gewünscht hat, ein Bett!

Der nette Mann bittet Angelo, sich zu waschen und sich auszuruhen. „Nachher hol ich Sie erneut hier ab."

Nach den Strapazen legt sich Angelo in die Badewanne. Das heiße Wasser schmiegt sich um seinen abgeschwächten, mageren Körper. Seine Lebensgeister werden aufs Neue geweckt. Nach dem Baden geht er zu Bett und schläft sofort ein.

„*Erwache.*
   Sei nicht blind.
   Und Achte.
   Steh auf.
   Kämpfe."

„Jetzt schaut, nun liege ich da. Wer bin ich? Was tue ich hier? Wo gehe ich hin? Was passiert nur? Woher kommt diese Stimme? Wer ist sie? Wer weckt mich Mal für Mal auf? Wer will mich warnen?"

Es klopft an seiner Tür. Er öffnet sie und eine Frau steht vor ihm. Sie bittet ihn: „Kleiden Sie sich bitte fürs Abendmahl ein. Der Hausherr wird Sie in einer Stunde erwarten. Sie werden abgeholt und dorthin begleitet." Die Dame verabschiedet sich und geht.

Angelo vermag sich nicht vorzustellen, was ihn wohl erwartet. Er ist nervös. Ist es seine letzte Mahlzeit hier auf Erden? Oder lässt man ihm verstehen, dass alles ein Missverständnis ist und der Herr lässt ihn frei.

Nach genau einer Stunde klopft es an der Tür und er wird wie angeordnet abgeholt. Man führt ihn durch einen lichtdurchfluteten Flur. Der Boden und die Wände sind aus weißem Marmor. An den Wänden hängen Bilder von Müttern und Kindern, sie weinen und trauern und Bilder von verstümmelte Männern, beschädigten Häusern und verwesten Tieren, ihm fließt ein Schauer über den Rücken. Ein grauenhafter endloser Gang, er versucht, an den Bildern vorbeizuschauen, doch es gelingt ihm nicht. Welch einen Wert haben jene Worte, wie ich liebe dich?

Wie ein Stier mit dem Kopf durch die Wand. Für eine Handvoll Gold verraten und verbrannt. Das Monster, das wir erschaffen haben, immerdar auf der Suche nach materiellen Dingen und Werten.

Schaut uns an, was wir verkörpern. Wir lassen uns versklaven. Für Öl und Diamanten. Die Bilder an den Wänden, ein Zeugnis von vielen endlosen Kriegen. Das hoffnungslose Abschlachten von unschuldigen Seelen. Sie müssen kämpfen für eine sinnlose Ideologie. Mit Angst regiert man die Menschen, die sich für einen scheinheiligen Frieden opfern. Wenn sie wüssten, was die Machthaber dieser Welt uns vorgaukeln. Die Bilder zeigen, dass die größten Opfer auf diesen Planeten, die Kinder und die Natur mit all ihrer Vielzahl an Tieren und Pflanzen sind.

Beim genaueren Betrachten der Bilder fällt Angelo noch etwas auf ... Zwischen all den erwähnten Bildern hängt ein Bild von den Beduinen in der Wüste am Lagerfeuer an der Wand. Er staunt, über ein Bild mit Ali im Dorf. Auf beiden Bildern ist Angelo ebenfalls zu sehen, nur wie ist das möglich? Noch schockierender wird es, als er sich auf einem Bild sieht mit einem dritten Mann. Doch Angelo verfügt über keine Erinnerungen. Drei Männer, drei gleiche Gesichter, augenblicklich wird ihm klar, dass es sich um ein und denselben Mann handelt.

Spielte sein Verstand ihm einen Streich? Der Mann am Lagerfeuer? Aus dem Dorf? Und der Dritte? Hat Sein Verstand ihn derart verwirrt?

Es ist unfassbar, ihm wird übel, alles dreht sich um ihn herum, was passiert hier? Er schlingt die Arme schützend über seinen Kopf, sein Herz pocht rasend. Ein Klopfen unterbricht kurz die Situation.

Die Tür öffnet sich und es ist wie geahnt der Mann aus der Wüste. Es bricht aus Angelo heraus: „Manche Menschen haben es nicht verdient, den Namen Gottes zu tragen, Ich bin. Weil sie sind seit Ewigkeiten kein „Ich" mehr, sondern sie sind ein Teil von irgendetwas, was keiner mehr versteht. Die Individuen gehen verloren. Die Menschen benötigen keine Roboter, denn die Menschen personifizieren, übernehmen die Rolle der Roboter.

Ferngesteuert, seht euch an, ihr lasst euch eure Gedanken rauben! Gott erbarme, ihr habt nichts verstanden."

Die Konfrontation

Sie stehen sich gegenüber, Angelo ist erzürnt, wie er ihn begrüßt: „Friede sei mit dir." Angelo ist außer sich: „Das ist Frieden für dich? FRIEDEN? Menschen einzusperren, sie zu schlagen und zu foltern? Unschuldige Menschen? Könntest du mir das bitte erklären? Was für einen Sinn hatte es mich einzusperren, zu schlagen und zu foltern? Was ist mit all den göttlichen Dingen, die du mir erklärt hast. Die spirituelle Reise, die Begegnung im Dorf, wie erlaubst du dir, mich so zu täuschen? Hast du mir etwas in den Tee gemischt? Stand ich unter Drogen? Bin ich blind? Sag mir verdammt, was ich hier soll! Ich will endlich nach Hause."

„Angelo, setzt dich bitte." Versucht der mystische Mann Angelo zu beruhigen.

„Dein scheinheiliges BITTE darfst du weglassen." Angelo dreht sich weg vom Schamanen und möchte nur noch weg. Der Schamane greift Angelo am rechten Arm und sagt mit sanfter Stimme: „Ich verstehe dich gut, du bist wütend, es ist alles sehr unrealistisch für dich. Beruhige dich, ich versuche, dir alles zu erklären." Durch die Berührung vom Schamanen hat sich Angelo schnell beruhigt und setzt sich hin.

Entspannt willigt Angelo ein und hört zu, wie der Schamane ihm erklärt: „Ihr seht die Welt aus eurer Perspektive, ihr meint, ihr kennt die Liebe. Ihr kennt sie aus einer eingeschränkten Sicht. Ihr glaubt, ihr seid die Krönung der Schöpfung.

Warum glaubt ihr, ihr seid besser als ein Löwe oder ein Fisch oder eine Möwe? Ihr sprecht von Frieden und von Freiheit, geißelt euch mit euren Händen und erschafft Krankheiten. Alles im Universum versteht die Naturgesetze, die winzigste Schöpfung, kennt ihre Aufgaben und Ordnung. Kriegt der Löwe etwa ein schlechtes Gewissen, wenn er eine Gazelle hat gerissen oder wenn eine Elefantenkuh tötet, um ihr Kind zu beschützen? Ihr meint, ihr steht über allem, weil der, der ICH BIN, euch den freien Willen gab? Ich frage dich, warum glaubt ihr, ihr seid besser als ein Tier? Was empfindest du, wenn du Tiere sterben siehst?" Angelo antwortet: „Mitgefühl."

„Und empfindest du Mitgefühl für das Tier, das ein anderes Tier reißen muss, um zu überleben?"

Angelo zuckt die Schulter und sagt: „Nein!"

„Amen, ich sage dir, es gibt Menschen, die empfinden nichts, wenn sie Tiere sterben sehen. Und sie erfreuen sich, wenn ein Tier ein anderes tötet! Wenn Menschen sterben, aus deiner Familie oder aus deinem Freundeskreis, was empfindest du?"

„Betrübnis, Betroffenheit."

„Und wenn du einen Menschen sterben siehst, den du nicht kennst, was empfindest du?" Angelo versteht, was der mystische Mann ihm sagen will und antwortet mit leiser Stimme: „Desgleichen." Der Schamane reißt die Arme nach oben und schreit: „Amen, Ich sage dir, manche Menschen empfinden rein gar nichts, weil sie fremd sind. Manche Menschen empfinden selbst bei ihren eigenen Familienangehörigen nichts.

Ich frage dich, warum meint ihr, ihr seid besser als all die Tiere? Menschen bauen Waffen, um andere Menschen auszurotten. Tiere töten, um zu überleben, aus Hunger. Ihr tötet aus Habgier, Neid, Eifersucht. Ihr vernichtet Nationen, aus Profit! Und auf Knien kommt ihr zu ihr, um Mutter um gnade zu bitten. Männer betteln um Vergebung, weil sie ihren Frauen untreu sind. Ehefrauen bitten um Vergebung, weil sie ihren Männern treulos sind. Ihr tötet nicht nur mit Waffen, ebenso mit Wörtern und mit euren Taten.

Ich wiederhole mich, warum glaubt ihr, ihr seid besser als die Tiere?

Ihr tötet aus Spaß, ohne Skrupel, feiert die Trophäen aus den Köpfen der erlegten Tiere. Ihr sagt, die Schlange sei die Verkörperung des Bösen.

Ihr seid herablassend und schaut in den Himmel und sucht Erleuchtung. ES schaut zu euch herab und sieht nur Abgrenzung." Der Schamane ist eine Zeit still, trinkt einen kräftigen Schluck Wasser und sagt: „Ihr sprecht von Frieden." Er seufzt, atmet ein und aus und flüstert vor sich hin: „Friede … Frieden … Ja Frieden …" Er atmet intensiver ein und aus und Angelo sieht, wie ihm eine Träne über die Wange läuft. „Die Welt hat vor vielen Jahren einen bedeutenden Mann verloren, einen Freund von mir, einen Mann des Friedens und der Liebe.

Wie kein anderer kämpfte er für Frieden und die Liebe. Er gab sein letztes Hemd her, wortwörtlich! Ich sah es mit meinen eigenen Augen.

Eines Tages auf dem Weg zum Gebetshaus traf er einen Mann auf einer Straße, mit nacktem Oberkörper und übel zugerichtet saß er da, er vermutete, er wär ein Bettler. Er ahnte nichts von seiner Geschichte, davon, dass der Mann vorher ausgeraubt worden ist. Er hatte Mitgefühl mit diesem Mann. Er gab ihm sein letztes Geld und zog sein Hemd aus und übergab es ihm. Er ging weiter Richtung Gebetshaus und er überlegte nicht eine Sekunde, nach Hause zu gehen, um sich ein frisches Hemd zu holen. In Gebetshaus angekommen sind die Beschwerden der Menschen enorm. Alle beschwerten sich, was ihm einfallen würde mit nacktem Oberkörper das Gebetshaus zu betreten. Es vergeht keine Minute, da schreit ein Mann von hinten: „SCHWEIGT IHR HEUCHLER!" Es kam der Mann ins Gebetshaus, der verletzt auf der Straße lag. Unter den Menschen standen auch die Diebe, sie beschwerten sich am lautstärksten. Der Mann, der ausgeraubt wurde, war der Vorbeter der Gemeinde. Da er erst seit Kurzem in der Stadt wirkte, kannte ihn niemand. Nach einer kurzen Zeit verstarb der Vorbeter und mein Freund wurde auserkoren seinen Platz einzunehmen. Er war Perfekt dafür geeignet, er hatte eine Frau, drei Kinder und stand mitten im Leben. Vielen Menschen bot er Hilfe an, verbreitete Frieden und Liebe. Seine Anerkennung unter der Bevölkerung brachte Neider." „Was ist mit deinem Freund passiert, warum ist er gestorben?" Fragt Angelo vorsichtig.

„Er beging Selbstmord." „Gnädiger Gott! Warum?" Tränen laufen ihm über sein Gesicht und eine Gänsehaut breitet sich über seinen Körper aus. Er verfolgt das Gespräch weiterhin. „Eines Tages klopft es an seine Haustür, er öffnet die Tür. Es stehen sieben Männer vor ihm, es geht ganz schnell ohne Vorwarnung. Sie überwältigen ihn und bringen ihn zu Boden. Er wird von der brutalsten Art geschlagen, sie fesseln ihn an einem Stuhl." Angelo schreit: „NEIN Ruhe, ich will das nicht hören." Er fängt an zu weinen. Er schaut Angelo an und sagt: „Erzähl du die Geschichte, lass es endlich raus. Du trägst es viel zu lange mit dir herum, wenn du FRIEDEN willst, sprich darüber. Du lebst viel zu lange in Unfrieden und bist unglücklich. Du benötigst Harmonie, um dorthin zu gelangen. Willst du Ruhe, willst du Frieden? Dann sprich darüber." Angelo nickt, er erzählt zitternd und unter Tränen: „Nachdem sie den Mann auf den Stuhl gesetzt und gefesselt haben, überwältigen sie seine Frau und seine zwei Töchter. Sie zwingen ihn, anzusehen, wie die Männer sie auf die brutalste Weise vergewaltigen. Derart brutal, dass sie," er weint dermaßen, dass ihm das Sprechen schwerfällt, „dass sie sterben, das Verbrechen zog sich über die gesamte Nacht hin, bis sie alle drei sterben! Sie haben zugeschlagen bis aufs Unkenntliche. Sie haben sich untereinander abgewechselt und sie missbraucht. Mit dem Blut der Opfer schrieben sie an die Wand, wo ist jetzt dein Gott? UND ICH HABE MICH VERSTECKT! Ich war nicht für sie da, ich feiger Hund.

Sie haben meine Mutter und meine zwei Schwestern umgebracht, die Schweine! Und was unternahm ich? Mein Vater wusste, wo ich mich versteckt hielt. Er schaute zu meinem Versteck und signalisierte mir mit den Augen, ich solle nicht rauskommen, ich hatte so eine Angst. Meinen Vater haben sie am Leben gelassen, er ist daran kaputtgegangen. Er entschied sich, von uns gehen! Ich verstehe bis heute nicht, warum mein Vater zu keinem Zeitpunkt irgendetwas gegen jene Männer unternahm." „Ich sagte dir in der Wüste, wie wir am Lagerfeuer saßen, dass du nicht ohne Grund hier sitzt." „Woher kanntest du meinen Vater?"

„Er ist ein Freund von mir."

„Ein Freund von dir? Ich sah dich kein einziges Mal." „Und doch bin ich stets in Erscheinung getreten."

Angelo schaut ihn fragend an, er bekommt überall Gänsehaut. Abrupt wird er schläfrig, alles wirkt verschwommen und verzerrt. „Mein Sohn." Sagt der mystische Mann: „Ich gab dir zu keiner Zeit die Schuld für irgendetwas." Ihm wird schwindelig. Der Mann, der ihm gegenüber sitzt, wirkt nicht mehr wie ein Mensch. Seine Stimme wechselt zu hohen und tiefen Tönen, mal verzerrt und mal klar. Mal männlich und weiblich gleichermaßen. Es schallen dröhnende Geräusche von verschiedenen Tieren durch Raum und Zeit, er hört den Wind heulen und das Rauschen der Wellen. Angelo sieht alle Farben dieser Welt und die Vollkommenheit des unermesslichen Weltraums.

Er hört, wie eine Stimme sagt: „Ich liebe dich. Es geht mir gut. Ich bin angekommen, wie deine Mutter und deine Schwestern. Ihnen geht es allen gut und du brauchst keine Schuldgefühle mehr zu hegen. Gehe in Frieden Angelo."

Mit einem Mal ist es still. Nichts ist mehr zu sehen oder zu hören. Er merkt wie zwei Männer, er glaubt, es sind Männer, er erkennt nicht, wer oder was sie sind. Sie duften nach Honig und sie geben ihm ein Wohlgefühl, sie verleihen ihm das Gefühl zu schweben. Er darf weiterhin wahrnehmen, wie sie ihn ins Bett legen und Angelo schläft friedlich ein. Die Stimme spricht zum letzten Male zu ihm ... doch die Stimme ist anders, als jene die er hörte.

„Es mögen sich die Berge bewegen und der Himmel auf Erden fallen, die Erde überfluten und sich aufreißen. Ich werde mein Lebtag nicht von deiner Seite weichen."

Und dieses eine Mal antwortet Angelo: „Stolz wie ein Löwe, gewaltig wie ein Fels, fein wie der schönste Strand. Ich bin dein persönlicher Beistand. Stehe dir bei, bei Tag und bei Nacht. Wie ein Engel, der über dich wacht."

Mit Mühe und Not antwortet er der Stimme und merkt, dass sein Körper nicht mehr im Bett liegt, Angelo schlägt die Augen auf. Schwebend in einem von Licht erfüllten Raum, schwebend wie eine Feder, schwerelos. Er schaut sich um im unwirklichen Raum und sieht sich zusammen mit seinem Begleiter, dem Wüstenwolf. Gleichzeitig kommt seine Erinnerung zurück. Er erlaubt ihm alles zu sehen, er meint, alles zu verstehen.

Angelo schaut den Wolf an und das Tier gibt ihm zu verstehen, er mag nach unten schauen.

Während er das tut, sagt ihm der Wolf: „Schau dich an Angelo."

Er schaut nach unten und sieht sich, wie er im Krankenhaus liegt. Neben ihm seine Verlobte und ein Geistlicher. Ist Angelo entseelt? Nein ... er verweilt in einem Zustand, den wir Menschen KOMA nennen. Anders als manche glauben ist das der Ort, wo der Mensch auf seinen Geist trifft. Dies ist der Ort wo Körper, Geist und Seele sich trennen und sich zum ersten Mal gegenüber stehen. Wenn auch nur für kurze Zeit, das ist die Zeit, wo alles entschieden wird, wo alles realisierbar ist. Das ist unter anderem das, was manche als Nahtoderfahrung bezeichnen, wo der Weg entschieden wird. Die Matrix, die Welt zwischen unserer und dem Jenseits.

Die Stimme, die er in der Wüste die gesamte Zeit hörte, war die Stimme seiner Verlobten, die sich wünschte, dass er aufwacht. Die letzte jedoch kam aus einer anderen Welt, dies war die Stimme seines Vaters. Wollte der mystische Mann Angelo den Weg zeigen oder ihn etwa vorbereiten?

Warum glaubte er, es seien drei verschiedene Männer? Sind Körper, Geist und Seele in Erscheinung getreten? Ist die Wüste die Leere in ihm? Das Gute im Dorf, sein Wunsch nach Frieden? Das Böse was er sah, ein Produkt seines Unterbewusstseins wegen dem schlechten Gewissen gegenüber seinen Eltern und seinen Schwestern. Und der Wolf? Er schaut den Wolf an, der scheint sich langsam aufzulösen.

Ein Nebel, Wolken bilden sich, Donner und Blitz erschüttern die Leere und aus dem Nichts spricht das Licht: „Sprich, zu mir." „Wer bist du?" Fragt Angelo.

„Wer ich bin, das sag ich dir. Ich bin mal Mensch und mal Tier. Mal Wasser und mal Feuer. Mal ein Baum und mal ein Traum." „Ja bist du ein Geist?"

„Nein! Ich bin der, der Ich bin, heißt."

„Der Ich bin, heißt?"

„Ja Ich bin! Dein Vater, dein Sohn. Dein Gewissen und dein Wissen. Ich bin das Meer, die Geburt. Ich bin die Luft, die Vernunft. Ich bin Nord, Süd, West und Ost. Ich bin dein Brot. Ich bin die Erde und die Sterne. Ich bin der Mond und die Sonne. Weißt du jetzt, wer ich bin?"

„Ja, du bist die Vergangenheit, Gegenwart und die Zukunft. Du bist die Liebe, die Hoffnung. Das Licht, du bist Leiter und Begleiter. Du bist Körper, Geist und Seele. Du gabst mir das, was ich lebe, die vollkommene aufrichtige Liebe." „Ja, ich bin der, der dir hilft, wenn du es willst, bin der, der dich verlässt, wenn du es zulässt. Ich habe tausend Namen, einer davon ist Leichtigkeit. Ich bin die Unendlichkeit, immer da. War hier, bevor alles geschah. Vor mir war nichts. Ich bin dein Schöpfer, dein Gott. Glaube an mich, ich helfe dir.

Denn ich bin immer hier. Du bist bereit. Folge mir." Frei fühlt er sich, die Last auf seinen Schultern. ... weg ... makellos ... frei ... Angelo geht mit dem Licht.

Er steht jetzt am Anfang eines endlos langen grell leuchtenden Korridor mit mehreren Türen. Das Licht spricht zu ihm und sagt, er solle jede einzelne Tür öffnen und hineingehen.

Auf die Frage warum er in jede einzelne Tür hinein gehen soll, antwortet das Licht, das wäre seine letzte Prüfung. Angelo überlegt nicht und tut das, was ihm aufgetragen wurde. Er öffnet die erste Tür und geht hinein und er traut seinen Augen nicht, er steht vor einem Feld von einzigartiger Schönheit. Und das, was er sieht, beschreibt er wie folgt: „Ich sehe die Frau im unsichtbaren Kleid über die grüne Wiese laufen, den Schmetterling verfolgen, über seine Farben staunen, wie leicht und frei, unbekümmert er durch die Lüfte gleitet, er ist mit der Vollkommenheit bekleidet, wie die Frau im unsichtbaren Kleid, Sie, mit ihrer Leichtigkeit, die Erde befreit, mit einem Lächeln Liebe entfaltet, mit Feuer in den Augen, vertreibt sie Kummer und Sorgen, ich traf sie beide und stellten sich mir vor, der Schmetterling nannte sich Leichtigkeit, die Frau nannte sich Freiheit."

Die Leichtigkeit und die Freiheit stellten sich ihm vor und sie gaben ihm die Sorglosigkeit. Sie, die Frau im unsichtbaren Kleid schickt Angelo zur zweiten Tür. Auf dem Weg dorthin bleibt er vor der zweiten Tür stehen. Ihm gehen viele Dinge durch den Kopf. Bilder aus seinem Leben, Erinnerungen. „Emotionen. Ist es bedeutend, was sie denken? Für mich? Für dich? Für uns? Oder für jeden anderen? Ist es maßgeblich, was sie sagen? Wie betrachte ich es?

Was empfinde ich? Sind es Emotionen?" Angelo betritt die zweite Tür und er steht in einem Saal. Vorne auf der Bühne steht ein Mann, ein Philosoph der modernen Zeit, der zu der Menge spricht und über die Liebe und das Leben philosophiert. Man könnte meinen, dass sein Urahne Giuliano auf der Bühne steht.

„Liebe und Leben. Wie viele Menschen glauben, dass sie leben? Wie viele glauben, dass sie Sterben? Oder die Liebe erleben? Es fühlen, sich berühren, mit Engelsflügel fliegen, wie viele Menschen glauben, dass sie leben? Zueinanderstehen, sich in die Augen schauen, sich gehenlassen, nicht mehr nach hinten schauen.

Zu Arbeiten um zu Leben, und nicht leben um zu Arbeiten!

Ich will alles erleben!

Mit meiner wahren Liebe, mit ihr will ich leben und sterben, die Liebe erleben, sie fühlen, sie berühren, mit Engelsflügel fliegen, ja!

Wir, Leben!" Nach seiner Rede geht der Mann zu Angelo, reicht ihm die Hand und gibt ihn einen Kuss auf seine Stirn und sagt: „Der Zerfall der Zivilisationen steht uns bevor, warum? Der Honig ist verdorben, und die Bienen sterben.

Der Bauer mag seinen Acker nicht mehr beackern.

Alles, was wir kennen, wird verbrennen. Aus dem Rachen des Drachen wird es kommen. Sieben Reiter sich bilden. Sie werden kommen, mit ihren Hufen schwer wie Blei und unsere letzten Werte in den Mutterboden einstampfen. Verbreiten Angst und Schrecken mehr dem je.

Doch sagte ich ihnen nicht, es werde kommen das Licht? Sie sagten, wir kommen aus dem Westen, werden nicht ruhen und nicht rasten. Werden euch vertilgen, wie die Heuschrecken. Ich durfte sie sehen und sprechen dufte ich mit ihnen, in Ruhe ließen sie mich, denn mich beschützt das Licht. Sie stellten sich mir vor. Der Erste hieß Superbus, stolz ritt er an mir vorbei.

Der Zweite hieß Avaritia, zurückhaltend, ja geizig verhielt er sich, gegenüber den armen bettelnden Frauen. Der Dritte nannte sich Invidia, durchtränkt mit Neid schaut er mich an, wie er bemerkt meinen Tatendrang. Der Vierte hieß Intemperantiae. Der Fünfte Fornicato. Der Sechste Ira, wie er an mir vorbeiritt, verdunkelte sich der Himmel, so viel Boshaftigkeit, so viel Zorn hatte ich seit Ewigkeiten nicht mehr gesehen. Und der Siebte und Letzte hieß Inertie, träge und lustlos ritt er hinter den anderen her. Sie alle sah ich allseits, Obacht müssen wir geben, denn sie alle nur nach eine Sache streben und zwar Tod und Verderben."

Nach der Ankündigung ist Angelo baff und der Mann schickt ihn zur dritten Tür.

Nachdem er die dritte Tür öffnet, steht er in seinem Garten. Seine Verlobte liegt in der Hängematte, die er zwischen zwei Apfelbäumen für sie gespannt hatte. Das hatte sie sich von Herzen gewünscht. Sie liegt da wie ein Engel. Angelo versucht sie anzusprechen und anzufassen, doch sie darf ihn nicht hören und fühlen.

Nur eine leichte kühle Brise weht, wie er sich ihr nähert.

Er schaut sie an und schwärmt: „So wie du liegst. Ich liebe und will dich so, wie du lebst, mit all deinem Dasein, von Kopf bis Bein, mit all deinen Gefühlen und deinen Emotionen. Möge es dir noch so unglaublich erscheinen, du bist für mich die Schönste, will für immer bei dir bleiben. Ja ich himmel dich an, vom Weinen, Lachen bis zum Schämen. Alle Gefühle sind Gott gegeben, auch diese will ich nicht missen, weil dies lässt uns zusammen wachsen, meine Erfüllung, mein Leben, ich werde dich immer lieben und nicht nur hier auf Erden." Ihm ist bewusst, dass er zur vierten Tür gehen muss, eine Bedeutung muss das alles hier haben. „Wer will es erklären? Beschreibt ein Wort diesen wundervollen Ort? Oder ein Satz, der beschreibt, was ich trag in meinem Herz? Oder eine Buchseite, die beschreibt meine Liebe?

Ein Buch? Ich könnte auf der Welt, Blätter gefüllt mit Wörtern legen, verstehen können es nur die, die die Liebe leben." Sagt er ihr beim Verlassen der dritten Tür, auch wenn er weiß, dass sie ihn nicht hören kann.

Angelo versteht das alles nicht, was für eine Prüfung durchlebt er? Wo ist er? Ist er jetzt tot oder nicht? Nach ein paar Schritten steht er vor der vierten Tür, er öffnet sie, geht hinein und sieht dort mehrere Menschen stehen. Um sie herum mehrere Seen und eine traumhafte Landschaft mit allen erdenklichen Tieren und Pflanzen.

Angelo ist außer sich, nachdem er das alles sieht und er kann es nicht fassen, dass die Menschen dort sitzen und gleichgültig in die Gegend starren.

Er läuft gestikulierend zu ihnen und schreit: „Das Licht der Welt, könnt ihr es alle sehen, die kristallblauen Seen und all ihre Wesen, steht auf und seht her, wie sie leben." Angelo mag nur mit dem Kopf schütteln und ist fassungslos. Ihm wird klar, dass dieser Ort, wo er ist, die Erde und die Menschheit symbolisiert. Die Menschen schauen ihn an und Angelo erzählt: „Wenn die Sonne untergeht und der Mond aufsteht, wenn ihr nur die Schatten der Häuser und Bäume sieht, verfolgt das letzte Licht am Horizont, der Schlaf, der kommt, der Schöpfer uns dann mit Ruhe versorgt. Ruhe ... träumen ... die Seele geht auf Reisen ..." Angelo verspürt das Bedürfnis, ihnen zu erklären, wie einzigartig der Mensch ist, dass die Seele der Menschen eigenständig ist. Und wenn der müde Körper sich schlafen legt, geht die Seele auf Reisen. Die Seele erholt sich von den Strapazen.

Angelo merkt, dass sie ihm zuhören, sie wenden sich zu ihm, sie wirken nicht mehr gleichgültig.

Er nutzt die Chance und erzählt ihnen vom Licht: „Umgeben vom warmen Licht, umarmt euch die Welt und ihr habt ein Lächeln im Gesicht. In Form von Lichtwesen seid ihr geboren, vertreibt Kummer und Sorgen, Amen sage ich euch, eins gebe ich euch mit, darf die Sonne nur Wärme abgeben, weil sie von innen heraus heiß ist? Und mag ein Baum nur Früchte tragen, weil er auf fruchtbaren Boden steht? Amen sage ich euch, selig seien die, die Vertrauen haben, wie die Sonne vertraut, im Spender des Lichts und der Baum durch fruchtbaren Boden uns seine Früchte gibt. Nur durch das Auge gelangt das Licht in uns, wenn wir die Augen verschließen, herrscht in uns nur Finsternis, nur Gott kann uns helfen, mögen die anderen sagen, was sie wollen, mögen sie schreiben, was sie vermögen, mögen sie viele Theorien aufstellen. Selbst selbsternannte Propheten sind nicht fähig, uns zu helfen, keine Mystiker, niemand, sogar die Engel nicht. Glaubt ihr, die Engel haben mehr Macht oder erfüllen mehr, wie Gott ihnen zeigt? Keine Religion, keine Priester, keine Magier, nur durch die Naturgesetze gelangen wir zur Glückseligkeit, wer der Energie, die uns umgibt, vertraut, ist nicht verloren. Auch die Tiere, die Bäume und Pflanzen verkörpern die Gesetze des Kosmos."

In dem Augenblick als Angelo den letzten Satz ausspricht, laufen den Menschen die Tränen über ihre Wangen. Nicht etwa vor Traurigkeit, sondern vor Freude. Sie sind sichtlich erleichtert, sie bedanken sich bei ihm. Alle zusammen bilden einen Kreis und beten: „Du bist die Sonne, die mich umgibt, das Herz, das in mir schlägt, die Sterne, das Licht, ein Wunder, dass es dich gibt. Amen."

Nachdem sie das Gebet gesprochen haben, passiert etwas, was ein Mensch mit puren Augen unter keinen Bedingungen erblickt.

Die Menschen fangen an zu leuchten. Das Leuchten wird greller und schließlich steigen sie empor bis sie nicht mehr zu sehen sind. Selbst wenn Angelo nicht klar ist, was er dort vollbrachte, er half den Menschen unbewusst loszulassen. Sie durften endlich ziehen. Sie erblühen mit dem Licht, der Erde, dem Universum, mit der Energie, die uns umgibt. Mit einem Mal ertönen Trompeten vom Himmel herab, dreimal hintereinander. Es wird friedvoll. Angelo steht ehrfürchtig da. Der Raum, wo er sich aufhält, wird hell erleuchtet. Die Stimme spricht zu ihm: „Angelo." „Ja Herr."

„Angelo hör mir jetzt genau zu. Wahre Liebe ist Leben, das Essenzielle, das Universelle, die Liebe kennt keine Grenzen,

die Liebe, Baustein von allem, füllt das Universum, Erfüllung!

Die Liebe überlegt nicht, die Liebe handelt! Die Liebe schafft und erschafft, die Liebe kennt keine Formeln, keine Zahlen, die Liebe kennt nichts Böses, nein Liebe heißt Vertrauen. Ohne Liebe keine Seele, ohne Seele kein Leben.

Die Liebe ist Licht!

Die Liebe überdauert alles, sie ist die intensivste Kraft, sie besiegt die größte Streitmacht.

Die Liebe heilt, sie verkrümmt die Zeit, sie kennt kein Geld.

Die Liebe liebt, ausnahmslos und über die Welt, die Liebe dehnt sich, wie das Universum, weil Liebe der, der ICH BIN, ist. Eine neue Welt möget ihr erschaffen.

Durch eine Geste erschafft ihr mehr Liebe, das Wort bringt euch zum übersinnlichsten Ort." Demütig hört Angelo der Stimme zu. Er weint und lacht vor Glück. „Mensch erlaube ich euch zu sein. Ihr dürft Mensch sein, mit all euren Emotionen, ihr sollt Mensch sein, mit all eurer Liebe, die Liebe lässt dich zu dem werden, was du warst, du fühlst dich rein.

Lebhaft im Leben und friedlich im Herzen, wirst in ihren Armen sanft wie Rosenblätter, neben ihr stehst du wie ein Fels. Gestärkt in dieser gottlosen Gesellschaft und in deinem Glauben, durch ihre Abwesenheit zerbrechlich. Stehst wie ein Baum bei tausend Stürmen, wenn sie dich berührt, wirst du sanft wie eine Blume." Angelo antwortet: „Ich danke dir für die Erkenntnis, für die Tür, die für mich unverschlossen war." „Gehe Angelo, gehe in Frieden, deine Zeit ist noch nicht gekommen. Sie wartet auf dich."

Kaum spricht das Licht die letzten Worte, wird es erst grell und dann finster. Angelo schwebt schwerelos. Sein bisheriges Leben spielt sich vor seinen Augen ab. Dann schließt er seine Augen und lässt es geschehen. Die Euphorie ist gewaltig mit der Erkenntnis, dass er ins Leben zurückdarf. Tränen befeuchten seine Wangen mit dem Wissen, dass er seine Verlobte sieht. Sie in seine Armen zu schließen und sie zu küssen und drücken zu dürfen. Sanft legt sich die Seele in seinen nahezu leblosen Körper. Seine Verlobte sitzt neben ihm am Krankenbett und hält seine Hand. Aus heiterem Himmel spürt sie ein Zucken in ihrer Hand.

Der kleine Finger von Angelo bewegt sich, Angelo drückt ihre Hand, holt intensiv Luft und schlägt die Augen auf. Sie glaubt es kaum, was gerade geschieht. Sie fängt an zu weinen, drückt und fasst ihn an, fragt ihn: „Wie ist das machbar?" Sie ruft die Ärzte und Krankenschwestern, sie ist außer sich vor Glück. „Du lebst! Du lebst, oh Gott ich glaub es nicht. Ich hab noch nie in meinem Leben so viel gebetet."

„Ich weiß mein Engel, ich hab dich gespürt, dich gehört, dich gesehen.

Und jetzt, sehe ich dich, hell, in einem goldenen Licht. Strahlend, funkelnd. Himmlischer Zauber, Sternenstaub fällt auf deine Haut, in all seinen göttlichen Farben, gelb, grün, blau, rot. Er trägt dich zu diesem magischen Ort, wo wir für immer und ewig Eins sind." Angelo bekommt die Chance in sein bisheriges Leben zurückzukehren. Angelo erwacht und Sabine, seine Frau, ist überglücklich. Der Priester, den Sabine gerufen hatte, ist ebenfalls froh, dass Angelo aus dem Koma erwacht ist. Er spricht ein Gebet und verabschiedet sich von den beiden. „Angelo mein Gott, hast du mir einen Schrecken eingejagt. Ich dachte, du stirbst." Sagt sie ihm unter Tränen. „Kannst du dich erinnern, was geschehen ist?" Angelo, der vor ein paar Minuten wach geworden ist, ist ein wenig verwirrt. War doch alles so echt. Er hat sogar den Geruch der Wüste noch in der Nase. Und all die Menschen mit denen er gesprochen hatte. „Sabine, ich habe Durst und ich habe Hunger, richtig großen Hunger!" Sie lachen beide.

Sabine verabschiedet sich kurz und fährt mit dem Aufzug in den fünften Stock der Klinik. Dort befindet sich die Cafeteria, wo sie eine Flasche Wasser für ihren Mann kaufen möchte. Währenddessen bekommt Angelo Besuch von der Polizei.

„Guten Morgen Angelo, wie geht es ihnen?" „Ich bin gerade erst wach geworden, wie soll es mir gehen?" Antwortet Angelo. Rocco ein Freund von Angelo kommt gerade richtig. „Guten Tag, ich bin Rocco Klein, der Anwalt der Familie." Gleichzeitig erscheint Sabine und der Oberarzt. Jener beschwert sich sofort. „Nein, so nicht meine Herren. Der Patient ist gerade erst aus dem Koma erwacht. Kommen Sie bitte in drei Tagen wieder." Und so löst sich die Gruppe wieder auf. Übrig bleibt Sabine, der Arzt und der erschöpfe Angelo. „Können Sie sich an etwas erinnern?" Fragt der Arzt. Angelo überlegt, verdreht die Augen und sagt: „An Bruchstücke, ich weiß noch, wie ich von zu Hause losgefahren bin. Ich habe an der Bäckerei angehalten. Weiter weiß ich nicht."
„Nun gut, Sie hatten richtig Glück. Ich kann es mir nicht erklären, aber Sie hatten einen schweren Autounfall. Als man Sie eingeliefert hat, dachte ich, Sie schaffen es nicht. Es grenzt an ein Wunder. Nach etwa zwei Wochen fing es an, besser zu werden.

Sie müssen einen schweren Schlag auf den Kopf bekommen haben. Obwohl am Kopf nichts zu sehen ist. Es ist ein Rätsel, aber ich bin froh, dass es Ihnen besser geht und wir nicht großartig eingreifen mussten. Sie können in drei Tagen wieder nach Hause. Wir halten Sie noch zur Beobachtung hier." Angelo hat dem Arzt nicht alles erzählt, das Aufwachen in der Wüste, die Begegnungen, das Dorf, der Palast. Wem soll er von den Ereignissen erzählen? Dem Arzt gewiss nicht. „Sabine, ich muss dir viel erzählen, es ist alles so verwirrend." „Angelo, ruh dich erst mal aus, komm erst mal zu Kräften. Wir haben genug Zeit über die Dinge zu reden."

Angelo bleibt sowieso keine andere Wahl. Er will so schnell wie möglich wieder nach Hause.

Nach drei Tagen darf Angelo nach Hause. Die Freude ist groß, wie Angelo heimkommt. Das Haus ist großzügig dekoriert und Sabine hat Freunde und Familie eingeladen. Angelo wird von Allen überrascht, ersten voran seine Kinder, die Geschenke für ihren Vater gebastelt haben. Die Eltern von Sabine, die Angelo lieben wie ihren eigenen Sohn, sind ebenfalls eingeflogen. Es wird ein schöner geselliger Abend und alle sind glücklich, dass Angelo wieder zu Hause ist.

Am nächsten Morgen

Um Punkt zehn Uhr morgens klingelt es an der Tür. Angelo sitzt mit seiner Verlobten und dessen gemeinsamen Kindern Giuliano und Giovanni am Tisch und frühstücken.

Angelo, der immer noch schwach auf seinen Beinen ist, steht auf und öffnet die Tür. Vor ihm stehen wieder die beiden Polizisten, die drei Tage zuvor schon im Krankenhaus waren.

„Guten Morgen, wir hoffen, wir kommen nicht ungelegen. Nur es ist so, wir müssen mit Ihnen Reden." Angelo gefällt es nicht, dass die Polizei ihm beim Frühstücken stört. Dennoch ist ihm bewusst, dass es jetzt sein muss. „Gewiss doch, kommen Sie rein, Sie stören nicht." Die Polizisten merken an seiner Körpersprache, dass sie definitiv nicht willkommen sind. „Wir bleiben wirklich nicht lange. Wir müssen wissen, wie es zu diesem Unfall gekommen ist." Insistieren die Eifrigen, die den Eindruck erwecken, als seien sie Neulinge. „Hören Sie, ich möchte wirklich nicht unhöflich sein, aber ich kann kaum auf meinen Beine stehen, es ist keine Woche vergangen und alle wollen Antworten von mir." Angelo ist sichtlich genervt, doch dann sagen die Polizisten einen Satz, dass Angelo das Blut in den Adern erfrieren lässt. „Angelo, ein Mann ist gestorben." Wie er das hört, wird ihm übel und schwindelig. Er versucht, sich hinzusetzen, doch er stolpert über seine Beine und fällt zu Boden. Nach ein paar Minuten Ohnmacht und zwei geschockten Kinder ist Angelo wieder zu sich gekommen.

Der Grund für die Ohnmacht, ihm sind die Augen jenes Mannes erschienen, die er kurz vor den Unfall bei den mystischen Mann gesehen hat. „Wie sah der Mann aus?" Fragt Angelo vorsichtig und mit zittriger Stimme. Einer der Polizisten holt ein Foto aus der Tasche und zeigt es Angelo. „Das ist der Mann, der gestorben ist. Er hatte einen Hund dabei. Das ist der Hund, dem sie ausgewichen sind." Angelo wundert sich: „Das war sein Hund?" „Ja, genau." Antworten die Polizisten. „Aber wie ist der Mann gestorben, ich hatte ihn schon längst hinter mir gelassen, der Hund muss dann weiter weg von ihm gewesen sein?" „Ja das ist richtig. Er wurde von einem Auto erfasst, das ein paar Autos hinter Ihnen war, durch ihr Manöver haben Sie eine Massenkarambolage verursacht." Angelo fängt an zu weinen, er kann nicht glauben, was er hört. Dachte er doch, wäre er allein in den Unfall verwickelt. Er wundert sich über den schlimmen Vorgang. So viel Trauer und Wut.

„Aber wie ist das möglich, der Verkehr war auch nicht besonders schnell. Die Straßen waren nicht voll." „Für uns ist es auch ein Rätsel und wir dachten, Sie könnten ein wenig Licht ins Dunkle bringen. „Wie schon gesagt, der Hund war plötzlich da. Das war ein Reflex." Die Polizisten müssen einsehen, dass aus Angelo nichts Neues zu hören ist. „Nun gut, bitte melden sie sich, wenn Ihnen was einfällt." Angelo nickt, nimmt das Kärtchen der Polizisten und begleitet die beiden enttäuschten Männer zur Haustür.

Sie verabschieden sich und gehen ihrer Wege. Angelo ist traurig über die Nachricht des toten Mannes. Diese Augen, die ihn in den Bann gezogen hatten. Die Begegnung der Männer, als er im Koma lag. Sein Verstand ist verwirrt, hörte er doch die Stimme seines Vaters. Die Unterredung mit dem mystischen Mann im Palast. Der Wolf, der ihm den Weg zeigte. Angelo weiß um die Bedeutung der Begegnung. „Aber warum der Tod des Mannes? Was um Himmelswillen soll dies bedeuten?" Fragt sich der erschöpfte und verwirrte Mann. Seine Frau und Kinder trösten ihn, stehen ihm bei in dieser schwierigen Zeit. Sabine ahnt, dass es nicht das letzte Mal war, dass die Polizisten zu Besuch waren. Sie spürt, dass dunkle Zeiten auf ihre kleine Familie zu kommen.

Angelos Traum

Angelo ist zu erschöpft und legt sich hin zum Schlafen. In der Zwischenzeit fährt Sabine die Kinder zur Schule. Auf der Fahrt dorthin, fährt sie wie jeden Tag an der Stelle vorbei, wo der Unfall stattgefunden hat. Nur diesmal mit einem merkwürdigen Gefühl im Magen. Währenddessen schläft Angelo friedlich im Bett und träumt. Er träumt von sieben Bäume mit saftigen Früchten, der Himmel blau, die Gräser grün. Kinder laufen umher. Und von einer Sekunde auf die nächste, sieht er sieben Bäume die faulen und sieben Kinderleichen liegen vor ihnen. Angelo wird von der Stille im Haus geweckt, er ahnt schlimmes, wie er an den Traum denkt. Immer wieder denkt er an die Erfahrung, die er durchlebte im Komazustand. Was hat das alles zu bedeuten? Was hat es mit dem Unfall auf sich? Auf der Fahrt zur Schule verwickeln sich zwei Autofahrer in einen Streit an der Ampel. Es kommt zu Tumulten und die Straße wird voller. Sabine wird nervöser, denn die Zeit ist knapp. Während sie versucht, die Kinder zu beruhigen, die ebenfalls unruhiger werden, hält ein schwarzer Lieferwagen neben ihr Auto. Sabine ahnt und bemerkt nicht, wie zwei Männer aus dem Wagen aussteigen.

Der dritte Mann, der Fahrer, hupt um die ahnungslose Frau abzulenken und verwickelt sie in ein Gespräch. In der Zwischenzeit schleichen sich die anderen beiden von hinten an das Fahrzeug, reißen die hinteren Türen auf, schnallen die Kinder ab und entnehmen sie aus dem Auto. Alles geschieht blitzschnell. Sabine kann kaum reagieren. Wie sie merkt, was geschieht, sind die Kinder im schwarzen Lieferwagen. Sie schreit vor Wut und Verzweiflung. Dem schwarzen Lieferwagen gelingt es, durch die dicht befahrene Straße zu entkommen. Sabine versucht noch verzweifelt zu Fuß, hinterherzulaufen und bittet andere Autofahrer ihr zu helfen. Vergebens, keiner hilft ihr und der schwarze Lieferwagen ist fort. Sabine läuft zurück zum Auto und fährt direkt zur Polizei. Nach zehn Minuten und unzähligen Tränen gelangt sie zur Polizeistation. Dort angekommen telefoniert sie mit ihrem Mann. Verzweifelt und mit zitternder Stimme versucht die arme Frau ihren Mann zu erklären, was geschehen ist. Angelo bricht das Gespräch ab und fährt ebenfalls zur Polizei. Wie Angelo dort ankommt, ist Sabine am Boden zerstört. „Angelo, die Kinder sind weg!" Sagt sie ihm weinend. Angelo weiß nicht was er sagen soll, er ist sprachlos. Eine Welt bricht für ihn zusammen. Wo ist der Sinn? Angelo und Sabine wissen nicht mehr, wo ihre Welt steht, alles dreht sich. Angelo fängt an, sich mit den Polizisten zu streiten. Sabine bekommt einen Nervenzusammenbruch.

Sie steht alleine und ihre Beine werden weich, sie fällt und schlägt mit ihren Kopf gegen eine Türklinke und ist sofort tot. Plötzlich wird es laut und hektisch in der kleinen Polizeistation und kein Mensch versteht mehr seinen Nächsten. Angelo steht wie angewurzelt und starrt auf das Blut, das sich mehr und mehr auf dem Fußboden verteilt. Angelo zittert am ganzen Körper, es wird dunkel um seine Augen. Zu seinem Glück stehen zwei Polizisten neben ihm und fangen den Zusammenbrechenden auf. Angelo wird bewusstlos ins Krankenhaus gefahren. Sabine ist tragischerweise gestorben und die beiden Kinder, entführt. Zum Glück erholt sich Angelo wieder und nach ein paar Tagen darf er das Krankenhaus verlassen. In Zusammenarbeit mit der Polizei versucht Angelo seine Kinder zu finden. Noch am Tag der Entlassung erreicht ein Brief die örtliche Polizei und ein Brief Angelo. Die Entführer der Kinder Verlagen von Angelo die alten Schriften und die alte Bibel. Angelo sowie die Polizei wundern sich über die Forderung. Gewiss sind die Schriften in seinen Besitz, dennoch versteht Angelo nicht, welchen Wert sie haben sollen. Angelo geht eine Runde im Park spazieren, um seinem Kopf ein bisschen freizubekommen. Der arme Mann hatte keine Zeit zu trauern, am nächsten Morgen schon wird seine geliebte Frau beigesetzt. Zugleich möchte er alles tun, um seine Kinder zu befreien. Am Tag der Beerdigung sind viele Menschen gekommen, um Sabine die letzte Ehre zu erweisen.

Bruno, ein alter Freund von Sabine und Angelo, ist ebenfalls erschienen. Bruno, der Sohn von Don Michele, fungiert schon länger als Schützer der Schriften, des Buches und Angelo, ohne dessen Wissen. Noch ein Nachwirken von Don Michele und Salvatore, dem Vater von Angelo. Bewusst und gezielt erzogen, um Angelo und die Schriften zu beschützen. Und dies geschieht alles im Geheimen. Denn Don Michele durfte als Priester keine Kinder haben. Mit der Hoffnung und das Ziel in den Augen, dem Orden der Schatten das Handwerk zu legen. Bruno verspricht Angelo ihm mit seinem Problem zu helfen. Er hätte schon eine Idee wie die Entführer überlistet werden und die Kinder befreit.

Bruno's Idee: „Die Schriften werden wir kopieren und mit einer Tinte schreiben, die nach vierundzwanzig Stunden wieder verschwindet. So gewinnen wir ihr Vertrauen und die Entführer lassen die Kinder frei." Aber vorher äußert Bruno den Wunsch, mit Angelo unter vier Augen zu reden. „Bruno, muss das wirklich jetzt sein?" Fragt Angelo. „Ja, so viel Zeit muss sein mein Freund, denn das was ich dir erzählen möchte, musst du erfahren, bevor wir den Plan schmieden und die Kinder befreien." Bruno möchte gerne ehrlich sein, er will schon länger Angelo erzählen, dass auch er nicht durch Zufall in sein Leben eingetreten ist. Bruno und Angelo fahren nach Hause, dort angekommen, setzen sie sich beide in die Küche und reden. „Nun gut mein Freund, bist du bereit für deinen Schock des Lebens?"

Grinst Bruno und will die Situation ein wenig lockern, doch Angelo verzieht keine Mine und sagt: „Leg los Bruno, erzähl mir, was du mir erzählen musst." Bruno überlegt nicht lange und fällt mit der Tür ins Haus: „Ich bin der Sohn von Don Michele, wurde ausgebildet von Don Michele, deinem Vater und vom Orden, um dich zu beschützen." Angelo ist tatsächlich geschockt, überlegt nicht und schlägt Bruno mit der Faust mitten ins Gesicht. „Beschützer", schreit Angelo, „wo warst du, als meine Kinder entführt wurden? Was erzählst du mir? Wie, wer, mein Vater?" Bruno steht mit blutender Nase wieder auf und versteht, warum Angelo wütend ist. „Angelo, bitte setzt dich wieder hin, ich erkläre dir alles, ich habe es mir selbst nicht ausgesucht. Als kleiner Junge schon wurde ich unterwiesen in der Kampfkunst. Mir wurde alles Wichtige beigebracht was dich und die Schriften betrifft. Mein ganzes Leben, von Geburt an, nur für diesen Zweck. Einmal war ich nicht dort wo ich sein sollte und ich werde bestraft! Deine Frau ist tot, deine Kinder sind entführt, ja es ist meine Schuld! Wer hat dich wohl aus deinem Auto gezogen, als du deinen Unfall hattest? Ich war es!" Bruno ist in seinem Stolz verletzt. Durch seine Unachtsamkeit ist eine Katastrophe entstanden. Ein Tag der Unachtsamkeit und Dunkelheit bricht über Angelo aus. Angelo steht wie angewurzelt in der Küche, den Tränen nahe: „Ich hatte keine Ahnung Bruno, verzeih mir, mir sind kurz die Sicherungen durchgebrannt.

159

Uns bleibt nicht die Zeit uns zu fragen, warum unsere Väter so gehandelt haben. Mein Freund, die Zeit sie rennt. Ich danke dir für deine Offenheit und ich entschuldige mich für den Schlag ins Gesicht. Wir können uns noch später streiten, nachdem wir meine Kinder befreit haben." Beide lachen und umarmen sich.

Angelo und der Wolf

Es ist schon spät und Angelo schickt Bruno nach Hause. Er soll sich die Nacht ausruhen. Der nächste Tag wird anstrengend. Angelo entscheidet sich noch eine runde im Park spazieren zu gehen. Beim Spazieren durch den alten schön florierenden Park muss er an seine geliebte Frau denken. Wie sie ihm die Göttlichkeit offenbarte und er ihr das Universum erklärte. Im Wald gingen sie oft spazieren, dort genossen sie die Vollkommenheit der Tiere. Sie fehlt ihm sehr. In Gedanken bei ihr, bemerkt Angelo nicht das er sich nicht mehr im Park befindet, sondern inmitten eines Garten mit sieben Olivenbäumen. Als ihm dies auffällt, bemerkt er einen Wolf. Der Wolf schaut ihn mit tiefroten Augen an, eine Stimme spricht: „Was tust du hier? Wo willst du hin? Weißt du, wer ich bin?" Angelo erinnert sich und antwortet: „Gewiss weiß ich, wer du bist. Du bist der Wolf aus der Wüste, der Mann, der mich dreimal begrüßte, der Engel, der mich begleitete. Doch war es nur ein Traum." Der Wolf tritt aus der Dunkelheit hervor und zeigt sich. Angelo wundert sich, wessen Stimme hörte er grad? Der Wolf stellt sich neben ihn und den Anschein nach, hat er sich seinen Besitzer ausgesucht. „Ich verstehe es nicht wirklich, doch es besteht eine merkwürdige Verbindung zwischen uns." Der Wolf und Angelo gehen gemeinsam nach Hause. Angelo richtet ihm einen Schlafplatz ein mit Futternapf und allem, was dazu gehört. „Das ist nun dein Zuhause, mein Freund."

Am nächsten Tag, bevor der Hahn gekräht hat, steht Bruno schon vor der Tür. Anstatt zu schlafen, hat Bruno die ganze Nacht verbracht, jemanden zu finden, der die Kopien der Schriften herstellen kann. Luigi, ein kleiner Mafioso, der gern den Capo mimt, kennt jemanden, der jemanden kennt, der gehört hat, dass der Orden der Schatten dahinter steckt. Er gab Bruno eine Telefonnummer, die er anrufen sollte. Bruno hat natürlich nicht lange gezögert und die Telefonnummer angerufen. Am anderen Ende, stellte sich heraus, war Pater Gianni. Pater Gianni wurde nur Pater genannt, warum weiß niemand. Würdenträger war er gewiss nicht. Pater Gianni war bekannt für sichere Informationen und Fälschungen. Bruno erklärte ihm das Nötigste und Pater Gianni lieferte noch in derselben Nacht. Bruno ist es gelungen ein Treffen zu organisieren. In der alten Kirche, wo schon sein Opa Lorenzo di Simini und sein Vater Don Michele predigten, soll die Übergabe Stattfinden. Das Problem, Bruno und Angelo dürfen nicht lange warten, denn je mehr Zeit vergeht umso mehr verblassen die Buchstaben auf dem Papier. Angelo ist hinsichtlich der Lage sehr besorgt. Um Punkt zehn Uhr morgens treffen Angelo und Bruno die Entführer in der Kirche. Die Entführer sind zu dritt, die Kirche ist menschenleer. Ungewissheit liegt in der Luft. Die fünf Männer, die sich gegenüber stehen, sind allesamt nervös. Einer der Männer holt die Kinder, sobald die Kinder ihren Vater sehen, reißen sie sich los von ihren Peinigern und rennen zu ihrem Vater.

Bruno, der die Schriften in den Händen hält, übergibt sie den anderen beiden, die sehr hektisch werden. Die Entführer, die jetzt die Schriften ihr Eigen nennen dürfen, überprüfen diese kurz und verlassen die Kirche. Die Freude von Angelo ist mit Worten nicht zu erklären, wie er seine Kinder in die Arme schließt. Während Angelo sich um seine Kinder kümmert, schaut sich Bruno in der Kirche um. Ihm fällt auf den Kirchenboden ein Schlüssel auf. „Angelo, sieh dir mal an, was auf dem Fußboden lag. Müssen wohl die Männer verloren haben," bemerkt Bruno. Während die beiden sich den Schlüssel anschauen und diskutieren, unterbricht Giuliano, der ältere der beiden Söhne: „Papa, wir waren nicht alleine, es waren noch mehrere Kinder dort." Bruno und Angelo sind geschockt als der Junge das erzählt. „Kannst du mir sagen, wo dieser Ort ist Giuliano?" Fragt der besorgte Vater. Giuliano erklärt seinem Vater, dass sie leider nichts sehen konnten, da ihre Augen verbunden waren. Aber er ist sich sicher, dass es nicht in der Kirche war, denn sie mussten das Gebäude verlassen, um in die Kirche zu gelangen. „Das bedeutet, dass es ein Gebäude aus der Nähe sein muss," bemerkt Bruno. Die aufgebrachten Männer zögern nicht lange und fahren mit den Kindern zur Polizei. Dort werden die Kinder umgehend in Sicherheit gebracht und von Ärzten versorgt.

Bruno und Angelo brechen mit einer kleinen Horde calabresischen Polizisten zur Kirche auf.

Allerdings vermuten die Experten, dass das Gebäude, dass zum Schlüssel passt, dass Jungenkloster sein muss. Ein anderes Gebäude würde keinen Sinn ergeben. Währenddessen im Kloster. Die drei Männer, die zum Orden der Schatten gehören, untersuchen die Schriften. Einer der drei Peiniger hält ein Blatt gegen das Licht und ihm fällt auf, dass die Schriften gefälscht sind. Kaum will er den anderen darauf aufmerksam machen, zerläuft die Schrift wie Butter in der Pfanne. Zwar schon viel früher als geplant, dennoch erfüllte sie ihren Zweck. Die Männer sind außer sich, wie sie bemerken, dass sie gelinkt worden sind.

Wie es der Schlange erklären? Innerhalb von Minuten sammeln sich die Kriechtiere, die Lakaien der Schlange im Kloster. All die scheinheiligen Würdenträger, die die Jungen gefangen halten, um sich an ihrer Jugend zu ergötzen. Und wenn sie genug haben, werden sie geopfert für die siebenköpfige Schlange. Ihr Blut, das Lebenselixier des Flüsterers. Doch an diesem Tag sollte sich alles ändern. Vollgefressen sind sie. Mit vollem Magen und die Wollust gestillt, gelähmt, betört vom Fleisch sind sie stumpf. Sie sind unachtsam geworden. Siegessicher wie sie eins war, gestärkt durch die Lügen der Schleicher, die ihr nur die Informationen weiter gaben, die ihnen zu ihren eigenen Nutzen waren, ist sie nun schwach. Ihre Lakaien verkriechen sich langsam in ihren Höhlen. Gewiss, der Anführer vom Orden der Schatten weiß sehr wohl was geschieht.

Er befiehlt, alles zu vernichten, was dem Orden angelastet werden könnte. Doch die Männer und Frauen des Ordens können nur ein Bruchteil von den Beweisen vernichten. Einer der Heuchler schreit: „Seid still, alle mal ruhig sein." Alle bleiben stehen, ja fast reglos und starren diesen Mann an. Es ist eine trügerische Stille, so still, dass man die Papierblätter, die durch die Luft fliegen, fallen hören kann. Es vergeht eine gefühlte Ewigkeit, ein Moment wie in Zeitlupe. Doch dieser Moment wird durch einen lauten Knall wieder ins Hier und Jetzt katapultiert. Die Polizei hat mit Sprengstoff und Blendgranaten das Kloster gestürmt. Wie eine römische Legion stürmen die Polizisten das Gebäude. Ohne Gegenwehr werden alle Mitglieder des Ordens festgesetzt. Angelo, Bruno und die Experten des Jungendamtes durchsuchen die Räume des Klosters nach den anderen Kindern. Doch keine Kinder zu sehen. Verzweifelt rennen die Männer hin und her, bis Angelo einen Gang findet, der ins Untergeschoss des Gebäudes führt. Dort angekommen offenbart sich den Männern das Grauen. Sie finden mehrere Käfige, jeweils mit fünf bis zehn Kindern drin. Folterwerkzeug und zwei Hunde, die ebenfalls durch die Umstände geschwächt sind. Ihnen fällt selbst das Wahrnehmen der Männer schwer. Der Gestank und der Anblick lässt den Männern das Blut in den Adern erfrieren und sie treten zurück vor Übel. Die Kinder werden endlich von ihrem Elend befreit.

Sie wurden menschenunwürdig gehalten, nur am Leben gehalten, um ihren Zweck zu erfüllen. Der Orden der Schatten wurd gesprengt. Die Priester und Bischöfe wurden verhaftet. Dem größten Pädophilenring der Welt wurde das Handwerk gelegt. Angelo und Bruno fallen sich in die Arme. Denen fällt wahrlich eine Last von den Schultern und die Polizei feiert sich als Helden. Schaut das Licht, wie es strahlt, wie es mir gefällt. Es kehrt zurück in die einst verlassenen Hallen. Die Gassen befreit, die Kinder sie lachen. Statuen schmelzen, Bilder die brennen. Glaubt nicht, ich sei gekommen, um Frieden zu verbreiten, ich bin gekommen, um euch das Schwert zu bringen.

Ich bin Angelo. Kämpfend für die Freiheit. Ich bin der spirituelle Kämpfer. Ich gebe euch nicht die Freiheit, ich gebe euch das Schwert. Ich bin das Kind der Freiheit und der Kampf hat gerade erst begonnen.

Wer bin ich?
Ein Wanderer, auf dem Weg in die Unendlich-
keit, der auf der Straße des Lebens, die Erkennt-
nis und die Glückseligkeit fand.

Epilog

Es ist unsere Welt,
    eine Welt, wo wir alle Gefangene sind,
    zusammen mit dem Geist,
    der das Kleid der Vergangenheit trägt.
    Ich will sitzen am Grund der Meere,
    und die Wale über mich gleiten sehen,
    ich will sitzen oben auf den Wolken,
    und von dort die Menschen beobachten.
    Ich will mit dem mächtigen Steinadler auf den
höchstem Baum der Welten sitzen,
    er mir dann die nackte Wahrheit offenbart.
    Junge Emotionen sich daran beteiligen, damit
wir eine Einheit werden.
    Während wir ein Schmetterling auf einem Feld
verfolgen,
    werden wir die Freiheit entdecken.

Ich stand am Fuße des Berges, und mein Atem blieb stehen, als ich bemerkte, dass die Erde unter meinen Füßen bebte.

Doch als sich die Erde dann in Windeseile wieder beruhigte

und sich wie aus dem nichts ein Mann mir zeigte,

fragte er mich seelenruhig, warum ich Angst bekäme. Ich antwortete:

„Mein Herr, ich sah das Ende vor meinen Augen."

Der unbekannte Mann lächelte und sagte:

„Du kleingläubiger, der Boden, auf dem Du stehst, der lebt.

Der Berg hinter Dir sprach zu mir.

Er ist wütend wie ein Stier

und noch wesentlicher ist sein Kummer.

Weil der Frieden und die Liebe unter den Menschen nie auf Dauer ist.

Rasch beruhigte ich ihn wieder und erklärte ihm, dass die Menschheit noch blutjung und unerfahren sei und hilflos wie ein Kleinkind.

Es kommt der Tag, dass sie Weise erblühen werden,

wie die Pflanzen und die Berge.

Wenn sie aufhören sich zu unterscheiden,

zwischen Religionen und Nationen,

wird an diesem Tag, die Welt aufs Neue geboren."

An jenem Tag, wenn die Himmelspforten sich öffnen

und sich die Sonne am Horizont in all ihrer Pracht zeigt,

wenn der Mond die Meere für immer in seinen Bann zieht

und mitten in der Wüste,

eine Pflanze aufblüht

und aus dem Berg,

das Wasser des Lebens fließt. An dem Tag, wenn die Menschen, sich nicht mehr unterscheiden, zwischen Nationen, und Religionen,

an diesem Tag,

wird die Erde neu geboren.

Akzeptanz und Toleranz

Wir alle haben das Bedürfnis akzeptiert und toleriert zu werden.

Wem gefiele das nicht? Wie viele Menschen fügen sich ihrem Schicksal, ordnen sich unter oder passen sich an.

Sie lassen ihre eigenen Bedürfnisse und Wünsche fallen, um sich der Gesellschaft oder der Familien Doktrin unterzuordnen, um nicht ausgestoßen zu werden. Ich habe gehört: „Du musst mich akzeptieren, wie ich bin!" Und genau hier fängt die Problematik an.

Mir ist aufgefallen, dass manche Menschen Akzeptanz wünschen, merkwürdigerweise fällt es ihnen schwer, die Akzeptanz anderer zu respektieren. Das oben genannte Phänomen findet in jeder Gesellschaftsschicht statt, egal ob arm oder reich, unabhängig von der Hautfarbe und Herkunft. Warum versucht man einen Menschen zu verändern?

Zwei Menschen lernen sich kennen, verlieben sich und schweben auf Wolke sieben. Doch es dauert nicht lang und einer der beiden Partner, fängt an, Kritik auszuüben. Plötzlich ärgert sich die Frau darüber, dass der Mann nur noch Fußball im Kopf hat. Er ist nur noch auf dem Fußballplatz, guckt jedes Spiel im Fernsehen, Fußball, Fußball, Fußball. Anfangs toleriert und akzeptiert und jetzt gehasst.

Der Ehemann, der vorher wusste, dass seine Frau eine berufliche Karriere anstreben wird, toleriert ihren Weg dann auch nicht mehr.

Er will, dass sie Hausfrau wird und bleibt. Und da sind wir beim Thema: Akzeptanz und Toleranz! Sich anpassen, sich fügen und das aus Liebe? Kann es aufrichtige Liebe sein? Ich darf nicht verlangen, dass man mich Hetero akzeptiert, ich wiederum keine Homosexuellen akzeptiere. Toleranz gilt definitiv für beide Seiten! Frieden und Liebe können nicht einseitig wirken. Es entstehen Spannungen. Die Lösung ist nicht die, dass einer der beiden Parteien nachgibt, sondern dass beide sich akzeptieren, tolerieren und respektieren.

So gelingt ein liebevolles und friedvolles Zusammenleben.

Das zuvor genannte Phänomen herrscht auch in vielen verschiedenen Religionen.

Ich will mich auf drei Religionen begrenzen, um nicht den Rahmen zu sprengen. Und zwar dem Judentum, Christentum und dem Islam.

Drei Religionen mit dem gleichen Ursprung.

Und zwar Abraham dem Vater der drei sogenannten Weltreligionen.

Alle glauben an den gleichen Gott, den einen einzigen Gott.

Bis auf das Judentum glauben das Christentum und der Islam an die gleichen Propheten. Ich wiederhole mich, das Christentum und der Islam glauben an den gleichen Gott und an die gleichen Propheten!!

Wer sich mit der Bibel und dem Koran befasst hat, erkennt, dass in beiden heiligen Büchern zum größten Teil die gleichen Erzählungen stehen.

Ich nenne ein paar Beispiele;

Die Geschichte von Josef und seinen Brüdern, sie warfen Josef in einer Zisterne, weil sie eifersüchtig auf ihn waren.

Bibel, Genesis, 37,1 - 50,26 – Quran, 12. Sura, Sura Yusuf (Josef)

Die Geburt von Jesus wird im Koran und in der Bibel gleichermaßen beschrieben. Die Wunder, die er durch den Geist Gottes bewirken konnte.

Bibel, Matthäus, 1,1 - 2,23 – Lukas, 1,5 - 2,52

Quran, 3. Sura Al-Imran, 3,45-49

19. Sura Maryam (Maria) 19,16-21

Und 19,16-35

Die Erzählung von Moses, wie er das unterjochte israelische Volk befreien konnte.

Bibel, Buch Exodus, 1,1.

Quran, 7. Sura Al-A´raf, 7,137

Was ist geschehen? Warum bekriegen sich die Religionen seit mehreren tausend Jahren? Wenn sie doch alle an den gleichen Gott glauben??

Ist es die fehlende Akzeptanz und Toleranz? Wir bekriegen uns, weil die Christen sagen, Jesus ist Gottes Sohn, und die Muslime sagen, er ist ein Prophet. Prophet!?! Gottes Sohn!?! Geht es nicht um die gleiche Botschaft? Geht es nicht um den Kern, der derselbe ist? Wäre es nicht schöner für alle, wenn man sich auf den Kern der Botschaft konzentriert?

Die Menschen bekämpfen sich, weil die Religionen und die Kulturen sich gezwungenermaßen vermischen. Einige beten, indem sie mit der Stirn den Boden berühren, andere wiederum gehen auf die Knie, manche beten stehend, andere beten nie. Denn es steht geschrieben, ob Nord, Süd, West oder Ost, mein Antlitz ist allgegenwärtig! Jeder von uns denkt und fühlt individuell, denn wir sind einzigartig! Steht nicht schon in der Heiligen Schrift, dass jeder Einzelne von uns seine Sünden selbst trägt?

Gott gab uns den freien Willen! Ich darf entscheiden, ob ich z.B. Schweinefleisch esse oder freiwillig ein Kopftuch tragen möchte. Es steht geschrieben: „In meiner Religion gibt es keinen Zwang." Die Würde des Menschen ist unantastbar!!! Es gibt Mächte auf dieser Welt, die bewusst Ängste schüren und Öl ins Feuer kippen. Sie wollen unsere Werte vernichten. Es gab auch andere Zeiten in unserer Menschheitsgeschichte.

Religionen und verschiedenen Kulturen konnten sehr wohl gut zusammenleben!

Mit Angst und Geld regiert man die Welt! Wann entstand dieses Phänomen? Wann fingen die Menschen an ihre Mitmenschen durch Angst zu manipulieren und sie in Schach zu halten?

Ihnen das Gefühl von Frieden zu geben, in dem man sie mit Angst unsicher machte. Nun, wann diese Art und Weise die Menschen zu unterdrücken begann, kann niemand genau sagen.

Vielleicht von Anfang an? Da wir beim Thema Religion sind, gibt es viele, die genau da das Problem sehen.

In meinen Augen wird die Religion missbraucht. Die Religion wird in den Vordergrund gerückt, um Ängste zu verbreiten. Wie kann das sein? Was ist Religion? Für mich persönlich „nur" ein Wort.

Wie das Wort „Gott". Jeder hat ein anderes Verständnis, ein anderes Wort oder eine andere Art das Übernatürliche beim Namen zu nennen. Die Sprache ist so vielfältig wie der Mensch selbst. So verschiedenartig die Menschen, die Kulturen und die Sprachen auch sind, so verschieden sind die Wege zu Gott zu gelangen.

Es fehlt die Erkenntnis, dass wir so vielfältig sind wie unsere Pflanzen und Tiere auf dieser Welt.

Es mangelt an Akzeptanz und Toleranz.

Was spielt es für eine Rolle ob man Gott, Universum, der Schöpfer oder die Energie sagt, wenn alle im Grunde das gleiche meinen?

Es ist wie mit den drei Religionen, sie streiten über Nichtigkeiten und vergessen die Mission; den „FRIEDEN." Auf der Suche nach Gott gibt es wahrlich viele Wege.

Manche Menschen finden und sehen Gott in der Astronomie oder in der Musik, in der Natur oder in den unterschiedlichsten Religionen.

Waren wir je bereit, den Weg der Gerechtigkeit zu gehen?

Waren wir je bereit für diesen Weg, zu akzeptieren, dass wir so unterschiedlich sind? Zu tolerieren, dass das Bewusstsein der Menschen so unterschiedlich ist wie die Vielfältigkeit des Universums?

Ansätze gab bzw. gibt es viele. Wie z.B. das Gesetz der Religionsfreiheit. Aber ein Gesetz bleibt und ist im Grunde »nur« ein Gesetz.

Verhindert das Gesetz Gewalt oder Abgrenzungen? Nein! Oder liegt es in der Natur des Menschen alles, was fremd ist, abzulehnen? Wenn es in unserer Natur liegen würde, würden unsere Kinder es verdammt schwer haben Freundschaften zu schließen.

Kinder kennen keine Abgrenzungen. Kindern ist es egal, aus welchem Land sie stammen, welche Hautfarbe sie haben oder welcher Religion sie zugehören.

So eine Welt will ich sehen, »Eine Welt aus den Augen eines Kindes«.

Lukas Kapitel 18 Vers 15 – 17.

Man brachte auch kleine Kinder zu ihm, damit er ihnen die Hände auflegte. Als die Jünger das sahen, wiesen sie die Leute schroff ab. Jesus aber rief die Kinder zu sich und sagte: Lasst die Kinder zu mir kommen; hindert sie nicht daran! Denn Menschen wie ihnen gehört das Reich Gottes. Amen, das sage ich euch:

Wer das Reich nicht so annimmt, wie ein Kind, der wird nicht hineinkommen.

Aus der Asche der Vergangenheit wächst Liebe und Freiheit,

Geborgenheit,

Glückseligkeit,

Zufriedenheit,

ein Leben für die Ewigkeit.

Akzeptanz und Toleranz sind der Schlüssel zum Frieden.

Der Verlust eines geliebten Menschen ist schmerzhaft und auch da gilt, wenn man es nicht akzeptiert findet man keinen Frieden.

So schwer es einem auch fällt, man muss loslassen, den Toten gehen lassen, damit der Tote zu seinem Frieden kommt. Für die Seele gibt es nichts Schlimmeres als zuzuschauen, wie man leidet.

Unsere Seele wünscht sich nichts anderes außer Frieden, nicht nur für sich, sondern auch für alle anderen. Ich glaube, jeder von uns hat mal das Gefühl einsam zu sein auf unserem Planeten. Unvorstellbar, wo doch über sieben Milliarden Menschen auf unserer Erde leben. Wo jeder von uns in einer Familie aufgewachsen ist und im Laufe des Lebens jeder ein, zwei Freunde hat.

Wo Städte aus allen Nähten platzen. Und doch kennt jeder von uns das Gefühl der Leere. Welche Gründe gibt es? Ein Grund ist es, nicht die Möglichkeit zu haben oder die Angst, zu reden, sich nicht aussprechen zu können.

Die Erniedrigung, fehlende Anerkennung. Das Verlassen des »ich«, man ist nicht mehr sich selbst, nur ein Schatten seines »Ich´s«.

Ein Schatten, der über die Straßen wandelt wie ein Geist. Die Blicke geistlos, die Beine schwer. Man reagiert nur, wie ein Wesen ohne Seele. Gefühlslos.

Ist es die Gesellschaft, die gierig ist und neidisch?

Ist es die Gesellschaft, die wie Wölfe darauf wartet dich zu zerreißen.

An dem Tag, an dem man anfängt, auf der Straße des Lebens zu gehen, trifft man eine Entscheidung, sich jederzeit treu zu bleiben. Doch es ist keine Entscheidung, die man bewusst trifft. Nein, man entscheidet sich unbewusst, da man von der Straße des Lebens ausweicht und sich mit einem Mal auf dem Weg der Erkenntnis befindet. Und ebendieser Weg verbirgt viele Kurven, Kreuzungen und Sackgassen. Ich erinnere mich, wie ich an meiner ersten Kreuzung stand. Linksabbiegend der Weg der Vernunft, und rechtsabbiegend der Weg der hineinführte ins Tal, des betörenden Nektars, geradeaus ging es auf die Straße der Erkenntnis. Ich überlegte nicht und entschied mich fürs Tal, des reizvollen Nektar. „Verständlich," wer bekäme da nicht die Lust? Nunmehr sollte sich herausstellen, dass ebendieses Tal alles andere war wie reizvoll, geblendet vom hinreißenden Duft in der Luft, blütenweißer Rauch der sich auf meine Augen legte, wie seidige Watte. Das trügerische Lächeln von leicht bekleideten Frauen, die um Männer und Frauen tanzten und Männer wie Frauen in Trance versetzten. Das Leben verlief wie im Zeitraffer, Stunde um Stunde und die Farben begannen bunter zu leuchten.

Dieses Tal war wie eine Stadt aus dem Süden Europas, die unterteilt ist, in den Stadtteil, der am Meer liegt. Wo alles geschmückt ist, mit Stränden, Discos, Bars und der Promenade. Und ein Stadtteil, oben in den Bergen, alles antik, nachts ist es düster und kirchenstill und die Straßen menschenleer.

Alles schien leicht, unbekümmert. Schwerelos glitt man über den sanften Asphalt. Alles was man mit seinen Händen berührte, verwandelte sich in Gold und das, was man mit seinen Augen erblickte, war umhüllt mit Regenbogenfarben. „Koste vom süßen Nektar, du wirst sehen, es ist einmalig. Gehe mit der Menge, sie wollen dir nur helfen."

Scheinheilige Stimmen in meinem Kopf, alles schrie in mir, doch mein Kopf war benebelt, ich konnte mich nicht wehren. Was für eine Welt, die einem vorgaukelt, dass für eine Nacht, dir die Welt zu Füßen liegt. Der schwerelose Gang wird hart und träge. Plötzlich verwandeln sich die Menschen, die dir nichts Böses wollten in Zombies und reißende Wölfe.

Die Frauen, die einen in Trance versetzten, wurden zu giftigen Schlangen, die nur eins im Sinn hatten, dein Blut auszusaugen und deine Seele zu vergiften und Besitz über dich zu ergreifen. Das Gleiche gilt für Frauen wie für Männer, keiner von beiden darf sich von der Schuld befreien!

Wann fängt es an, auf die innere Stimme zu hören? Wann fängt es an, dass man begreift, dass Gott, zu einem spricht? Ich lernte im Laufe meines Lebens, dass es keine Zufälle gibt. War es gewollt, dass ich von der Straße des Lebens abwich und mich auf dem Weg der Erkenntnis hielt?

Ich verstehe im Nachhinein, dass es derselbe Weg ist, die Straße des Lebens ist zugleich die Straße der Erkenntnis.

Nur wenn man sich in den Tälern aufhält, sieht man es nicht. Nein man ahnt es nicht. Man hört nichts! Über uns schwebend, jeden Tag wie Geier, gierig verharren sie. Korrupte, scheinheilige Männer, verweilen, um sich auf uns zu stürzen, wie Raubtiere.

Der Wind ist auf unserer Seite, sie dürfen uns nicht aufspüren, nicht alle. Der nächste Sommer kommt.

Ich und du, der Wind auf unsere Seite und die Geier?

In ihrer Nase, nur der bittere Duft der Pleite.

Ich und du, stehen auf einem Feld geschmückt mit Blumen und der Wind ist auf unserer Seite. Er begleitet uns in die Stadt. Verzweifelte gierige Geier! Komm, spring auf mein Herz, auf diesen Zug.

Der Wind begleitet uns. Ich will dich heute Nacht lieben, mit allem, was ich hab, mit Leib und Seele.

Ja isoliert ist der oder die, die nicht lieben oder geliebt werden.

So oft wird gehofft, dass Sterne fallen vom Himmel und uns ein Zeichen wird geschickt und wenn nur, für einen kurzen Augenblick.

Schauen wir jeden Tag und jede Nacht, am Himmel empor, das sich doch, öffnen will ein Tor.

Doch worauf warten wir? Was wollen wir sehen? Ein Engel? Aber warum? Warum nur warten wir darauf?

Ich habe alles hier! Hier!

Bei ihr.

Zeitfracht Medien GmbH
Ferdinand-Jühlke-Straße 7
99095 Erfurt, Deutschland
produktsicherheit@kolibri360.de